有爱的青春陪伴者

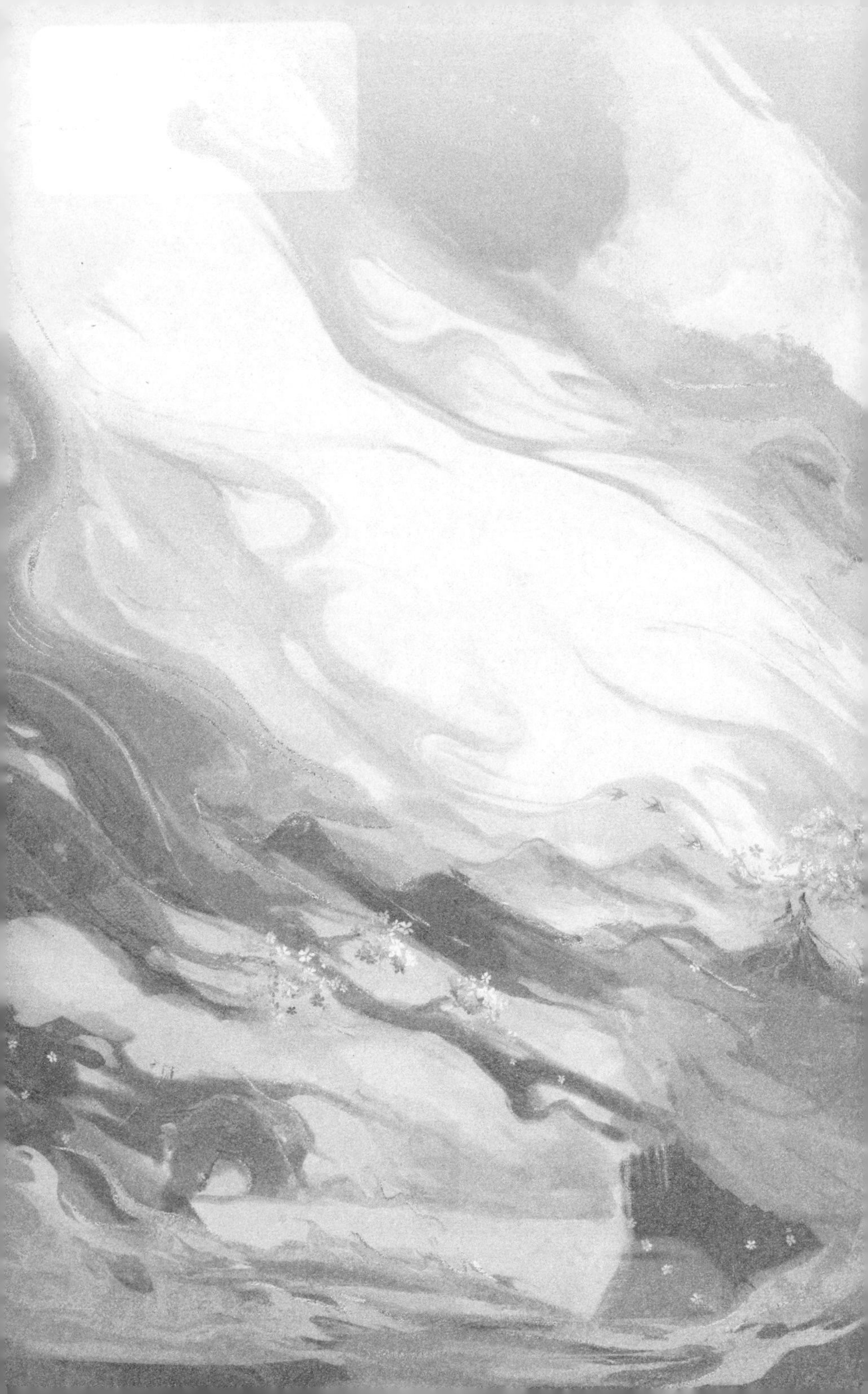

天作之合

桐火 / 著

贵州出版集团
贵州人民出版社

图书在版编目（ＣＩＰ）数据

天作之合 / 桐火著. — 贵阳：贵州人民出版社，2023.9
ISBN 978-7-221-17731-5

Ⅰ.①天… Ⅱ.①桐… Ⅲ.①长篇小说-中国-当代 Ⅳ.①I247.5

中国国家版本馆CIP数据核字(2023)第135924号

天作之合
TIANZUOZHIHE

桐火 / 著

出 版 人：朱文迅
责 任 编 辑：任蕴文
特 约 编 辑：廖　妍　文佳慧
装 帧 设 计：Insect　唐卉婷
封 面 绘 制：山　辞

出版发行：贵州出版集团　贵州人民出版社
地　　址：贵阳市观山湖区长岭北路贵阳国际会议展览中心D区D1栋
印　　刷：长沙鸿发印务实业有限公司
版　　次：2023年9月第1版
印　　次：2023年9月第1次印刷
开　　本：880毫米×1230毫米　1/32
印　　张：8
字　　数：180千字
书　　号：ISBN 978-7-221-17731-5
定　　价：42.80元

贵州人民出版社微信

如发现图书印装质量问题，请与印刷厂联系调换；版权所有，翻版必究；未经许可，不得转载。

目录

第一章 · 冥婚 /001
躺在棺材里的周夙蓦然睁开眼……
他竟是个活人。

第二章 · 献祭 /041
"笑笑,九年未见,你可安好?"

第三章 · 共眠 /073
不知为何,周夙听见那句"一介外人"时,
竟觉得尤为刺耳。

第四章 · 冲喜 /123
丫鬟的催促声伴随着略带混乱的脚步渐行渐远,
周夙脸色越发冰冷。
她真的要与人拜堂成亲?

目录

第五章 · 敬天 /153
自始至终,言笑笑都未曾等到他的一丝挽留,
她便清楚地明白,周夙与她,终归是过客。

第六章 · 相思 /189
峰回路转,周夙怎么也未曾料到,她心底惦
记的人竟是自己。

第七章 · 连理 /224
站在她身前的男人却是勾了勾唇,不疾不徐道:
"已经嫁了,拜天地,拜双亲,夫妻对拜,现在
是入洞房。"

番外 · 暖夜 /242

第一章

冥婚

本书中的年号、朝代均为虚构。

　　永和二十八年三月初七，宜：嫁娶、破土、安葬、行丧；忌：出行、移迁。

　　苍翠绵延，九峰葱郁。四阿重屋，鳞次栉比。青石铺就的长街尽头人迹罕至，黄纸冥币，冷清萧索。

　　寂寥的义庄里突然传出争执声："你在跟老子说笑？抬棺是个苦力活，你让个女娃娃跟随咱们一道前往京城扶灵顶什么用？老子身后的弟兄们出力不讨好，平白无故被人分一杯羹，我马彪第一个不答应！天底下哪有那么好挣的银子？"

　　马彪身形颀长，健壮的体格常年暴晒在外显得黝黑发亮，精壮紧实的臂膀遒劲有力。

　　面对行伍出身的壮硕猛汉，身如竹竿的管事禁不住咽了咽口水，瑟缩赔笑："消消气，哪有那么大火气。"

　　"你给老子解释清楚！否则……"

"否则如何？"

"马老大要向弟兄们交代，不如我给你一个解释如何？"

身后忽闻莺声清脆，仿若纷扬的丹桂馥郁浓厚。错愕不已的马彪回身张望，只见一不过二九年华的姑娘立在门外，姿致娟娟，不施粉黛，却已明媚鲜妍，有如旭日逐云，光辉灿烂不可逼视，马彪一时语噎，竟不知如何回应。

言笑笑迈过门槛，行至新棺侧首，杏眸潋滟，气势凛然："这书生异乡遭遇强盗，陈尸荒山，必定怨气滔天，须得哭丧人随灵悲痛，哀声替这书生哭尽世间苦难，方能释怀往生。倘若这书生不愿离开，誓要留下来报复仇家，你们扶灵就不怕首当其冲地成了这书生膺惩的对象？"

"听着挺专业的，吓唬谁呢？老子不信你个女娇娥还懂驱鬼辟邪，当老子乳臭未干初出茅庐？"

她昂首挺胸，自报家门："我师父乃大衍道人。"

马彪眼皮子一掀，嗤道："没听说过。"

言笑笑不屑轻哼，取出一物高举凌天。

巴掌大黄纸舒卷开，通身金黄的乌龟贪婪地张着大嘴跃然纸上，阵阵呼啸而过的劲风肆虐着单薄的龟身，仿若不将它扯得支离破碎誓不罢休。

马彪揉了揉眼睛，狐疑道："纸龟？这什么玩意儿？你是在逗老子玩？"

言笑笑无视他的质疑，视若珍宝般捧着纸龟小心翼翼走到水盆边："愚不可及，此物乃恩师亲绘神龟，可御水捉鬼，是件法器！"

"哈，哈哈哈——小娇娥真会讲笑话……"

话音未落，纸龟一沾水，无风畅游，竟似活了过来，硬邦邦的龟壳下四肢贴水浮游。

马彪瞅着欢快戏水的纸龟目瞪口呆，眼睛都不敢眨一下，嘴张得老大，迟迟说不全话："这……这……神了。"

一击震慑不敢叫马彪再有轻视，意气风发的言笑笑精神抖擞："有这只神龟在，岂有鬼怪敢近身？"

马彪立时伏低姿态，赔笑连连："先才是我冒失了，还望仙姑莫要怪罪。"

马彪："仙姑替这书生一路哭丧自是万无一失，我这就叫弟兄们抬棺启程。"

管事见言笑笑和马彪一个得意一个钦佩，不由得像看两个二傻子。他掂量了下厚实的荷包，脸上浮现笑容，暗自说道："不过是在纸龟全身涂抹了雄狗、鲤鱼的胆汁混合物，待晾干后纸龟即可避水畅游。大衍道人这手纸龟骗术着实制得不错，险些连我都哄骗了。哎哟，可怜的姑娘，如花似玉的年纪就遭了师父拐卖，也不晓得买家是否懂得怜香惜玉。"

躺在棺材里的书生听闻此言，修长如玉琢的指尖蓦然动了下。

窸窸窣窣的脚步声自院外传入。

"来！弟兄们使点劲将棺材扛上板车。"

随着马彪一声招呼，孔武有力的四名魁梧男子涌入屋内，正欲盖上棺材板，瞧见书生面貌无不惊异错愕，浓重白妆掩不住姿容俊朗，隐隐威仪不觉令人敬畏肃穆。

"啧!这小兄弟长得真俊!

"可惜是个短命鬼。"

"他不短命怎轮得到咱们发财?"

"哈哈,那倒也是!"

"快盖上。"

棺材板刚合上,头戴白花一身麻布缟素的娇小人影忽然窜至棺材边,擗踊号呼:"我的郎君,你死得好惨!漫漫长夜,无你相伴,叫妾身如何独活?"

生死别离,天人永隔。

女子伏在棺材上痴痴凝望,欲语还休,蓄满眼眶的泪水突然决堤倾泻,微微发颤的身体不经意间抽动着,终是抑制不住痛心,"哇"地宣泄出来,撕心裂肺的号哭越来越厉害,令闻者落泪,听者伤心。

扶灵男子一把抹过尚未淌下的男儿泪,抽泣两声安慰道:"夫人,请节哀。"

马彪一个栗暴凿他脑门,厉声:"夫你个大头鬼,这姑娘是哭丧人,与咱们同行。"

"啊?哭……哭丧人?"

"不,不是这短命鬼发妻?"

"哭丧人都如此敬业?"

"呜呜!我娘说得对,女子都不可信!"

躺在棺材里的周夙蓦然睁开眼……

他竟是个活人。

棺材外言笑笑哭得真情实意,棺材内周夙抽了抽嘴角。

都说人为财死鸟为食亡，棺外的哭丧人不知长什么模样，听声音年纪应该也不大，竟为了点碎银乱认夫君，对此，周夙的内心充满了鄙夷。

哀声伴随驮着棺木的车辕辘碾过青石长街，一路西行，逐渐淹没在喧扰的闹市……

卫国休养生息十二载，表面上风平浪静，实则前朝后宫暗潮汹涌。

年事已高，日感力不从心的景帝唯恐驾崩之时朝野混乱，突然下了道圣旨，诏回在外驻守皇陵多年的皇八子——周夙回宫侍奉。皇八子多年来避开锋芒离京数载，彼时奉诏返京，此中利害关系无须言喻。后宫之主史虹莲闻风而动，派出精锐之师，想要在周夙返京路上做些手脚，势必要他身首异处，再也无法染指皇位。

返京前，周夙与门客商讨对策，史贵妃爪牙遍布朝野，倘若他由护卫护送直奔京城势必成了箭靶，不如反其道而行之……

翌日，侍卫们掩护替身兵分三路返京，周夙自己反倒大隐于市，独自一人化作意外亡故的"尸体"，躺在棺材里请人扶灵哭丧送往京城。

只要能安全进京，史贵妃再嚣张也会有所顾忌，一切方可尘埃落定。

春寒料峭，冰雪消融，借着凿在棺材板孔隙倾泻下来的几束日光，周夙估摸了下时辰。此时的日光带着丝丝暖意，想来已是正午时分，距离启程已半日，倘若这群扶灵哭丧人的脚程够快，定能赶在后日亥时前悄无声息入京。

周夙心情不错，迤迤然揭开靠枕内的暗格取出干粮细嚼慢咽起来。

突然间棺木外传来女子似有若无的惊慌声。

随着灵柩远走官道，深入荒野蔓草，时断时续的乌鸦叫声盘桓荒野。言笑笑仰望苍穹，蓦然站起身来："是不是走错路了？京城向西，我们却往东行。"

正在开道的马彪回头，目光直勾勾地注视着她，看得她心底直发毛，才冷哼一声，凉凉道："你哭丧前没人与你说过接私活的事？"

言笑笑满脸愕然，不明就里地如实说："私活，什么私活？"

马彪拧巴着眉，突然一拳砸在树干，啐了口唾沫："呸！好个管事，招呼都不打一声就让老子帮他夹带私货，指望吃白食呢，做梦！"

看着折成两截的树干，她瞳孔微颤，有些怂。

六个虎背熊腰的大汉虎视眈眈，望着手无缚鸡之力的自己，言笑笑顿时产生了一种荒无人迹适合埋尸的错觉。

马彪不再理会她，朝着跟班招了招手，吩咐一声："赵老二，到前头探路，咱们在原地等你。"

"好！"

直至日影西斜，赵老二才面露笑容地匆匆返回，同马彪说了好一会儿的悄悄话，还时不时瞄两眼言笑笑，一边说一边比画着什么。

末了,马彪竟走到她的身边,轻咳一声,突然宽慰她起来:"仙姑莫要误会,咱们不过是想在路上顺道做点买卖,耽搁不了多少时间。"

言笑笑疑惑:"买卖?"

"对。"马彪的目光落在棺材上抬颌示意,"这棺材里的小白脸生得甚是俊俏,正巧侯家千金病故,老子合计后觉得不卖白不卖。"

三言两语间,她竟听明白了,此番扶灵哭丧是假,配冥婚是真。

言笑笑虽势力单薄,可也知晓大义,绝非出得了马彪这等偷鸡摸狗骗人钱财的馊主意,故作不知追问道:"倘若将尸体卖给侯家配冥婚,那京城雇主问起尸体去处,我们该如何交代?"

"仙姑放心!买主早已备妥一切,就等着这尸身换身喜服,便可即刻下葬。等冥婚完成后埋到墓里,我们几个弟兄再将尸体挖出来,不就可以继续扶灵哭丧送往京城,至多耽误半日工夫,到时候银子到手了,还可以向雇主交差,这岂不是天上掉馅饼?"

言笑笑张大嘴巴,很是不可置信,支支吾吾说不出半句反驳的话。

合着都将网织好就等着她入套。

这是多么熟练且令人叹为观止的手法呀!

一卖、一挖,神不知鬼不觉多了贩卖尸体的银子。

这不就是传说中的偷梁换柱,无本万利!莫不是早已发展成产业链?

马彪:"行了!不就是走个过场的买卖,神不知鬼不觉便发了笔横财,机会难得甭拖后腿,待会儿你同媒婆崔妈妈商议'尸体'价格。"

"什么？！"言笑笑还想反驳些什么，身前的人自顾自地招呼手下去了。

她仿佛被架在火上炙烤，奋力挣扎却始终无法挣脱。

在这荒无人烟的僻静小径里，倘若她拒绝同流合污，只怕得知秘密的她不会有什么好下场。

她狠狠一咬牙，忽然朝着棺材深深地鞠了个躬，双手合十，满脸忏悔，随后犹犹豫豫地走到棺材边，推开棺木后，却心虚得不敢直视这尸体。

突然，她从袖口里抽出一张黄符"啪"地贴在"尸体"脑门上！

"尸体"周夙："……"

言笑笑歪着脑袋，小心翼翼地打量着在黄符遮下露出的大半张容颜，又觉得甚是不妥："脸都瞧不见好像就不值钱了，还是搁身上吧。"

说罢，她又将黄符揭下，正打算摆弄在"尸体"胸前，马彪却突然出现："仙姑这是作甚？"

做贼心虚的言笑笑吓了一大跳，不敢隐瞒，只好如实应答："我就是害怕这位公子爷诈尸寻仇，所以提前做些准备。"

马彪瞅了眼黄符，颇为不屑："老闷子黄符哟，谁知道真不真，传说最有效的办法还是诵经用黑狗血画咒镇压！"

言笑笑愕然侧头看他："会不会对尸体大不敬？"

马彪："敬你个大头鬼，就一具死尸，还怕这短命鬼被血腥味熏着？"

话音刚落，马彪回首朝着树林下正吃干粮的跟班大吼一声：

"赵老二,别吃了!干活!"

见言笑笑望着自己不明所以,马彪有些得意,拍了拍棺材板,示意她:"学着点。"

言笑笑迟疑不决,又被马彪瞪了两眼,才终于妥协,决定暂且离开。她临走时不忘朝着棺材表示歉意:"实在对不住公子,望您大人有大量,莫要同我这等小人物计较,待事成后我必定给您一路哭丧到京城,届时决然不敢再歇息片刻。"

看着言笑笑走远了,马彪向赵老二招了招手,勾着他的脖子低声吩咐:"你等会儿挨着棺材念九九八十一遍经,记得嗓门大些,念完再让兄弟们搭把手。记得一定将咒文画在棺材板内,千万不要叫买家瞧见了,不然不值钱,懂吗?"

赵老二叼着馒头走到棺材边,一边啃馒头一边说:"得嘞!那还不简单,念个《大悲咒》就行了!"

"南无喝啰怛那……"
"南无阿唎耶……"
"南无悉吉栗埵……"

断断续续、漏洞百出的经文绕耳,让周凤平和的心境彻底被打乱。

究竟是哪儿来的下九流装假和尚,对本王大不敬就算了,连驱鬼辟邪要念《金刚经》都不知道。

他心底的怒气还没发完,又听见赵老二挨着棺材小声嘀咕:"大慈大悲的如来佛祖,小的只记得南无阿弥陀佛,实在记不住生涩难懂的经文,您老若是听见小的祷告,记得佛法无边将这凶物镇压!小的安全返城后定会前往寺庙给佛祖您敬香!"

周夙一时间彻底无言以对。

他尚未气消,棺材底突然被人狠狠拍了一掌。

赵老二左脚向前一跨,右脚一靠,踩起罡步,染了黑狗血的手指成剑诀,在棺材底画了一个圈,又一个圈,嘴里不停地默念晦涩难懂的咒文:"天地玄宗,万炁本根……急急如律令!"

和尚念符咒?

立在树头边的言笑笑见到这一幕,迟迟移不开眼,也不知赵老二请的是道家哪位真人下界镇尸。

候在一侧的马彪见赵老二收功,终于竖起大拇指。

煎熬良久,言笑笑忽然瞧见密林深处缓步行来一个壮硕身影,赶紧堆砌笑脸,热情地招呼道:"来,大伙搭把手,起棺!掀开棺材板让崔妈妈瞧一眼。"

满脸横肉的崔妈妈扭着颤巍的后丘,手中丝巾捏起一角掩住口鼻,蹙眉道:"这是什么怪味?"

言笑笑捂住鼻息,没敢走近,怕被棺材底画的黑狗血咒文熏着,干巴巴笑了两声:"呵呵,就死得突然,来不及处理尸身。"

崔妈妈用丝巾在口鼻前"呼哧"了两下,很是晦气地探着脑袋朝棺材里张望了一眼,这一瞧便险些岔了气——哎哟喂,我的乖乖,这模样俏的,棱角分明不说,端是眉宇间的舒朗便说不出雅致尊贵,风光霁月便是形容这等美男子吧?莫说画上的谪仙也不为过。

她心底一合计,这笔冥婚的买卖说什么也要撮合,买家必定满意至极。

崔妈妈心里的小算盘拨得"噼啪"响,面上却不敢显露丝毫。

见她久久端详着尸体却迟迟没有表示,言笑笑有些着急地催促:"崔妈妈以为如何?"

慢悠悠竖起两根手指的崔妈妈也不作答。

两根手指头!

那么少!

言笑笑十分不满意:"你睁大眼睛看看这品相,玉树临风仪表堂堂,才值二十两银子,你怎么不去抢!"

明明崔妈妈想出价二百两银子,没曾想这群下九流的市井之徒没见过世面。她连忙讪讪地收回两根手指头,义正词严道:"你这话可就不对了,他长得再好也是曾经,曾经懂吗?如今是个死人,再搁十天半月可就发臭了,到时候再想脱手可就掉价,甭说二十两,便是十两也没人要!"

见对方敛目凝思,崔妈妈知晓这乳臭未干的黄毛丫头已然上了套,眼底尽是蔑视:"这具尸体来路不明身份成疑,雇主要承担多么大的风险,如今开价二十两纹银你还嫌少?还敢同老娘讨价还价!真是不识抬举。"

不熟悉行情的言笑笑分外不甘心,还想包装提价抢救一下:"话可不能这么说,人家生前可是干干净净、清清白白,没有沾染过花柳病。"

崔妈妈下巴一扬,狠狠刮了她一眼:"侯家千金还是黄花大闺女呢!哪里叫他吃亏?"

言笑笑只觉得一口气堵心坎上,嘴里没把持地实话实说:"可侯家千金那体魄,棺材板都压不住,两百斤的膘快赶上将出栏的豕。"

崔妈妈气不打一处来,叉腰指着她一顿怒骂:"粗鄙!你这有上顿没下顿的小崽子懂什么！侯家千金那叫珠圆玉润，白胖白胖的刚好配这油头粉面的书生！"

还白胖白胖，又不是大白馒头！

言笑笑心底止不住地腹黑，嘴巴却没敢再没把持将生意吹了。

她努力压下心底怒火，仔细思索起崔妈妈这番话，眼眸突然一亮，只觉得提价有戏："行了行了，你也看到我身后林中的弟兄，大伙分一分，二十两实在不够塞牙缝。这样吧，三十五两，一个子都不少！"

崔妈妈高昂头颅，不屑一顾："二十五两，不能再多。"

言笑笑争取："三十三两。"

"二十五两。"

言笑笑再争取："三十一两。"

"二十五两。"

言笑笑一咬牙："三十两。"

崔妈妈一拍手心，呵道："行！三十两成交！"

言笑笑只觉得被狠狠阴了一把。

装在布袋里三十两沉甸甸的银子塞进言笑笑的手心，崔妈妈匆匆走回密林深处招呼人抬棺。扶灵哭丧人终于按捺不住直痒痒的心绪，朝着言笑笑聚拢过来："仙姑，最后这公子哥卖了几两纹银？"

言笑笑竖起三根手指头。

"三两？这么丁点碎银是少了些，不过也行，大伙分一分每人也有几十文铜钱，比这回扶灵哭丧多挣五倍有余。"

言笑笑瞬间负罪感烟消云散，底气十足，笑呵呵地作答："是三十两。"

大伙立时喜笑颜开:"三十两,这真是天降横财一夜暴富!这生意好,往后咱们寻机会再找来几具尸体保准吃香喝辣。"

马彪数着手心里的银子早已笑得合不拢嘴,嘴里一时没把持,将心中所想尽数吐露:"简单!待小白脸下葬完婚,我们再将他神不知鬼不觉从墓里挖出来,趁着他容貌尚能辨清,寻个下家再依葫芦画瓢捞上一笔。"

大伙纷纷竖起大拇指:"不愧是老大!"

不上道的言笑笑惊呼一声,提出疑惑:"那不是二手货?掉价吧?再说人都卖了,一而再再而三挖出来,岂不是失信于人?"

马彪将银子揣进怀里,看向她的眼神里尽显凶恶:"我说你这模样生得挺是标致,怎就蠢钝如猪?你不说,老子不说,他们不说,鬼晓得这是二手货、三手货,还是赔钱货?"

言笑笑彻底无言以对,想了想又觉得好像是这个道理。

见她埋头苦思,马彪趾高气扬,再次指点起她来:"假如不从坟里将棺木重新挖出,如何将尸体完完整整交予京城的雇主手中?既然假意冥婚是为了骗钱,那骗一次是骗,骗两次不也是骗?还不如多赚点钱!"

扶灵哭丧人纷纷附和:"老大英明!"

果然,马彪的目的就是为了骗钱,什么扶灵哭丧都是冠冕堂皇的假话。

所谓将尸体送往京城雇主手中,约莫也是卖往下家的借口。

言笑笑手里握着自个儿那份沉甸甸的纹银,心底很不是滋味,头一回做骗子,果然良心过意不去。

如今被骗上了贼船,想下来恐怕也不易,还是走一步看一步吧。

周夙躺在棺材里气得七窍生烟。

这群贱民,得了三十两仍不知足,竟还想将本王卖了再卖!真是活腻了!

周夙抿着薄唇,半敛眉眼,最终还是叹了一口气——

罢了,小不忍则乱大谋,现下唯有静观后续。

侯府下人们扛着棺材,气喘吁吁地沿着陡峭山路不断前行,抵着落日余晖终将周夙送到新起的坟坑。

远远瞧见这一幕的奸商侯玖屏赶忙招呼道:"还不快搭把手。棺材未下葬前万万不能落地,速速将棺材板掀开,莫要误了下葬的吉时。"

"是,老爷。"

侯玖屏焦急地等待着开棺验货,又禁不住絮絮叨叨地嫌弃起来:"二百两买的便宜货真能配得上我的宝贝女儿?"末了,他十分不情愿瞅了眼"尸体",这一瞧,眼珠子险些没瞪出来,"竟生得如此俊朗雅致!就是这般弱不禁风,焉能配得上我的心头肉?"

侯夫人趴着棺材仔细端详,亦是难得在丧期露出喜色:"不碍事,不碍事,女儿那体魄必定将他镇压得老老实实。"

侯玖屏点头附和:"有道理,女儿一个泰山压顶他便跑不了。你们几个,给姑爷穿上新衣将婚事办了,趁着吉时让两人入土为安以免夜长梦多。"

"对,毕竟是半道买来的无名尸,万不能走漏风声,得迅速下葬。"越看女婿越顺眼的侯夫人招来管家,又让人补上一百两封红给鬼媒人,以示褒奖,"这赘婿甚得吾心。姑爷虽入赘,可侯府的女婿可不能只值二百两银子,实在太过寒碜。"

平日里吝啬的侯玖屏对女婿也甚为满意,喜滋滋地附和道:"夫人说得极是!"

筹备妥当的冥婚,风风火火敲锣打鼓唢呐不断,从周凤的棺材抵达到砌坟填土不过半个时辰,侯府的下人们迅速将新坟周围收拾妥当打道回府。

后半夜里,躺在棺材里的周凤散尽龟息大法,终于睁开眼帘,入目即是伸手见不到五指的漆黑一片,萦绕鼻息的青草味夹杂着腐殖发酵味混淆在一起,无须多想也知他被活埋了。

等了小半盏茶的工夫,耳边始终静悄悄的,不闻一丝脚步声传来。他蹙了蹙眉,确定再无一人后不免沉下脸来。

这群倒卖冥婚的下九流难道改变计划另寻时间挖坟?

龟息大法清醒后,最快也要再等半个时辰方能再次运起,可棺材里的新鲜空气所剩无几,如何能等?

计划有变,他决计不能再枯守等死。

他迅速有了决定,敛眸凝息,抬脚严严实实蹬在棺材板上。

突如其来"咚"的一声闷响震彻在寂静的荒山。

树梢上晃悠小腿望风的赵老二瞳孔微缩立时激灵坐直身体,待定睛远眺新坟,突然松软的泥土下仿若隆起半寸,他猛地灌口茶水壮了壮胆。

我的乖乖,听错了?

"咚咚!"两声应时响彻,伴随着动静越来越大。

"咚咚咚!"三声撞击借着风声传来。

赵老二的额际早已冷汗淋漓,他把拳头紧握塞进口中,堵住了颤抖的嗓音，却堵不住内心的恐惧。好半晌依旧无法抑制住"扑通扑通"剧烈跳动的心脏，随着坟头的土壤上下剧烈震动，他终于惊恐万状地仰天嘶吼，发出惊天地泣鬼神的嚷嚷声：

"诈……诈……诈尸啦！"

话音刚落，他便脚底抹油溜下树梢，一溜烟跑得没影。

"砰"的一声巨响，疏松的土壤终于被棺材板顶开一角。洒下的朦胧月色险些让人迷了眼，尚且来不及适应亮光，周凤拨开压在身上的泥土，霎时风里传来凌乱的脚步声。

瞬息间，肩扛锄头、手握铲子的数名扶灵哭丧人乌泱泱涌进新起的坟地。

目力俱佳的马彪率先发现坟头塌陷一侧，凹陷处坐着一具"尸体"正好背对他们。

夜里的风寒凉刺骨，一道闪电突然间划破苍穹，闷雷响彻，却不见雨点洒落。阵阵阴风顺着衣襟钻进亵衣，言笑笑咽了咽口水，她手握着黄符，嘴里念着"阿弥陀佛"，没料到走在前头的马彪会突然停下脚步，正心有余悸不敢抬头的她突然闷头撞了上去。

"哎哟！怎么停下来了？"

见马彪杵在原地不言不语，身侧五人亦是瞪大眼睛望向坟地方向，言笑笑终是疑惑地探出半个脑袋，这一瞧正好对上锦袍上的一颗头颅。她瞬时瞳孔微缩，牙齿止不住哆嗦，伸出手指颤抖地指着"尸体"上熟悉的发髻，可不就是她哭丧时棺材里公子哥头上所梳的缨冠。

"诈尸？"

言笑笑刚想跑，便被马彪提领逮了回来："胆小如鼠，六个威猛大汉与你同行，还怕区区一具尸体？丢人现眼！这种事，老子经验丰富！赵老二，上黑狗血！"

话音刚落，棺材里的"尸体"径直躺了回去。

一众人动作瞬间一滞。

正揭开竹筒盖子的赵老二禁不住手舞足蹈高声嚷嚷起来："马老大，他真怕黑狗血！"

马彪瞬间底气膨胀起来，气势如虹地道："那是，赵老二日日诵经供养的陈年货，可不是威慑力十足！将黑狗血取出来，待会儿坟里若有古怪，你就将黑狗血往尸身上泼！"

周夙沉沉地吸了口气。

这般不洁之物若是沾染到身上，对于生性好洁的他来说，实在难以忍受此等污秽。识时务者为俊杰，他还是继续躺棺材里舒坦些。

眼观鼻，鼻观心，气顺则松，周夙再次屏住呼吸，运起龟息大法。

一行七人壮胆后聚拢向棺材，待定睛一瞧，"尸体"果然安稳躺在土堆里，看不出有何凶神恶煞，只是疏松的土壤大半埋在他身上，证实了前一刻此地的异常。

"肯定是这家伙踹开棺材板，尸变啦！"赵老二手握护身法宝，嚷嚷起望风时的所见所闻。

众人头一回撞见传说中出现在话本里的稀奇古怪之事，实在不能用常理来解释。

马彪不曾反驳，只是看了眼荒山野岭上立起的诸多坟头，深吸一口气下了决断："这玩意儿如此老实，必定是被赵老二画在棺材板的符咒吓得不轻，你看他都不敢跃出棺材半步！"

"是，是，是！依我看也是这个理。"

"哈哈！还是赵老二厉害，威风不减当年！"

"岂敢，岂敢！"

周围一时尽是笑声，好不热闹。

插不上嘴的言笑笑琢磨良久，确定"尸体"卡在土里动弹不得，她手里捏着黄符，耷拉的脑袋终于扬起半分，纠结良久忽然鼓起勇气冲上前，"啪"地将黄符贴在"尸体"脑门上。

一众人看向她的眼神充满疑问。

言笑笑义正词严地解释："我怕他跳出来咬人。这符驱邪最是灵验，乃我师尊大衍道人亲绘，绝对有效！"

马彪愣了一下，随即拍手喝道——

"那一张怎么够？得贴满才行！"

众人二话不说将言笑笑手里的黄符尽数抢了过来，囫囵似的贴在"尸体"周身各处，满得像根苞米方才松了口气。

马彪："快！赶紧盖上棺材板，起棺！"

五人赤膊挥舞锄头、铲子刨土挖坑，三下五除二将尸体连同棺材搬了出来。

正待封棺，赵老二拾起盛放黑狗血的竹筒，只闻一股秽气迎面扑来。他苦思片刻，索性又以手代笔，在棺材板周围画了一朵朵莲花。

"加固封印，以免尸变。"

众人露出敬佩之色。

笔走龙蛇的赵老二说："睡莲乃是佛祖座下最圣洁之物。"

言笑笑脱口而出："我怎记得佛祖是坐在菩提树下悟的道？南海观音座下才是莲花台。"

正勾勒花瓣的赵老二手臂僵在原处，回首狠狠刮了一眼言笑笑："你个假仙姑懂什么！还敢大言不惭你那只神龟会御水捉鬼，如今见到诈尸成了怂包，反倒质疑本大爷，你行你上呀！"

言笑笑面红耳赤，一时竟不知如何反驳，只好干巴巴笑了两声："呵呵，都是圣花，想来作用差不多。"

躺在棺材里的周凤苦笑了一下，发出了无声的叹息。

一行人偷偷摸摸将棺材扛上板车，趁着夜黑风高一路西行，起先众人还不敢行官道，生怕被人瞧出端倪，直至天光擦亮，他们也驶出侯府范围了，这才敢偏回通往京城的主干道。

正当众人稍稍放松时，赶马的赵老二忽然勒紧缰绳大喝一声："崔婆娘！"

众人被吓得一激灵。

赵老二继续大喝道："你这个混账婆娘！昨日亲耳听见侯府中人说你收了侯玖屏三百两银子！竟敢哄骗我们三十两，可恶至极！"

站在马车边正活动筋骨的崔媒婆闻声愕然侧目，刚对上赵老二那双凶狠的目光，心底一突突，乖乖，怎就遇见了这群扶灵哭丧人？

板车上那副棺材，不是昨日配予侯玖屏千金的姑爷所躺？

怎会出现于此？

勿用想，准没好事！崔媒婆慌忙爬回车厢："快！打马！"

眼瞅着崔媒婆准备驾车逃离，马彪很是恼怒，一个栗暴凿上赵老二脑门，叱责道："傻了吧唧，你大吼一声不把人给吓跑了！"

赵老二急红了眼，迅速弃马翻上马彪的马车催促道："追！肯定来得及，那婆娘独吞二百七十两银子，搁我心坎里始终过不去啊！如今见到她，哪里憋得住！"

二话不说的马彪一抽马屁股绝尘而去。

原坐在赵老二边上看守棺材的言笑笑尚且来不及吱声，只能眼巴巴望着两方人马，眨眼工夫就连影子都瞧不见了。

这……这算什么事？

就把她一个人丢马车上守尸体？

里头可是躺着凶物！

昨夜刚蹦跶出来！

想到此处，前一刻后背紧贴棺材板熟睡的言笑笑莫名地觉得身上丝丝凉意，心底亦是拔凉拔凉。

她猛地抹了把冷汗，强行安慰自己不会有事。

突然身后传来"吱呀"一声。

言笑笑支棱起耳朵，难道是错觉？

她猛地咽了咽口水，屏住呼吸，好半晌才鼓起勇气回头张望一眼。

瞬目望去唯见绿荫成林，鸟雀攀枝，除此以外再无其他。

正心有余悸之时，"哐当"一声巨响，整个棺材板都被震动掀起，又硬生生扣回棺材上。

目瞪口呆的言笑笑，眼睁睁地看着一只白皙的手搭在棺材板，一颗圆咕隆咚的脑袋从棺材缝隙里探出来。

言笑笑呆住了。

周凤也呆住了。

四目相对。

飞舞的鸟雀，叽叽喳喳鸣唱。

不过瞬息，恐惧达到极致的言笑笑终于发出一声尖叫："啊！啊！！啊！！！"

险些被震破耳膜的周夙有点懵然。

不是没人了？

想趁着马彪离开透口气，怎就撞上她！

周夙尚且来不及说话，清脆的"哐当"一声，以求自保的言笑笑本能地抬起棺材板狠狠扣在"尸体"脑壳上。

回去！

回去！

快回去！

周夙被砸了个始料未及，他绷着脸，额角的青筋也隐隐开始跳动。

言笑笑还准备继续砸，只见"尸体"一抬手，单手托住了棺材板，力气大到她竟无法将其往下撼动半分。

见对方直挺挺地仰着脑袋，冷冷地盯着自己，言笑笑的心猛地"咯噔"了一下，瞬间悬在了嗓子眼。

这是要出来？

要出来！

她沉沉地吸了口气，用尽全身力气举起棺材板，再次重重地朝"尸体"脑壳盖上！

伴随着"哐当"一声巨响，棺材板终于严丝合缝地扣回原处。

言笑笑呼出一口气，猛地咽了咽口水，这才发现自己心跳剧烈，脊梁骨拔凉拔凉，浑身上下直冒冷汗。

刚才一定是在做梦！

一定是！

　　两厢沉默好半晌，忽然"吱呀"一声，言笑笑只觉得一股热浪"刺溜"一下子蹿上脑门，眼瞅着棺材板又被顶开一条缝隙，里头露出一双漆黑如墨的眼眸，她登时想也未想地掀开棺材板，毫不犹豫掏出黄符，"啪"一下子贴在"尸体"脑门上。

　　正准备出来的周夙动作一顿，瞟了一眼面门上飘飘悠悠的黄符，等他移开眼神，看到濒临崩溃的言笑笑站在车板上，手里还握着一根两尺长的棍棒，十分戒备地盯着自己。

　　见到此景，周夙只觉气血一股脑地往上涌，他咬牙切齿地无奈道："我是人。"

　　言笑笑瞬间呆住了："你真的……是人？！"

　　这还用问？周夙没好气地"嗯"了一声。

　　"你竟然……"愣了半晌的言笑笑终于转过弯来，一脚将棺材板踹翻，揪住周夙的衣襟，恨不得将整个人拎起来，"说！你一个大活人装死尸吓唬我作甚？说不出来，我便将你扭送官府！"

　　放肆！

　　周夙冷冷盯着她揪住自己衣襟的手，面色晦暗不明。

　　虽然被这个哭丧的小丫头揪住衣襟让他十分不爽，但他心里清楚说什么都不能自报家门。

　　一方面不能暴露行踪，二来他堂堂八皇子躺在棺材里装尸体也有些不成体统，要被众人知道了面子也没地搁。

　　见他迟迟不作回应，言笑笑"唰"地从靴子侧面抽出一把防身匕首，在周夙眼前比画两下："怎么，这是要看究竟是你的骨头硬，还是我的刀硬？"

面前的姑娘腮帮子绷得紧紧的，虽然极力克制，却依旧难以掩饰杏眸里张牙舞爪闪烁的寒芒，仿若要将他吞并入腹，就像一只浑身竖针的刺猬。

面对言笑笑居高临下的逼视，周夙不疾不徐地伸手，将眼前寒光凛凛的匕首拨开半寸："在下观姑娘通人情，晓世故。无须这般剑拔弩张，姑娘所问，我必定知无不言。"

倒是识相！

即使面前的男子清隽如玉，气质温润儒雅，言笑笑亦是不敢掉以轻心。她轻哼一声，气势汹汹地问："说！你为何扮尸体？"

周夙无声叹了口气，慢悠悠开口道："情势所迫。"

狠瞪他一眼的言笑笑："什么情势，什么迫？"

"简单地说，我有些事，需要借此棺材躲一躲。"

言笑笑想了一想，大惊道："你是贼？！"

周夙微愕，这是什么样的脑回路，躲一躲就一定是贼吗？

未免节外生枝，他唯有耐着性子斡旋："在下也是逼不得已，姑娘能否行个方便？"

"呸！不能！"说罢，言笑笑正揣摩话语真假，忽地注意到面前的人，虽一路奔波，风尘仆仆，但仍旧难掩丰神俊朗之姿，举手投足亦是充满了贵气。

但倘若是大户人家出来的公子，又岂会沦落至此，需要在棺材里假扮尸体？

言笑笑眯起眼，心中推翻了之前贼人的猜测，又大胆假设道："你该不会是哪位贵夫人养的……"

读懂她所思所想的周夙，眼睑微敛，几乎有些不可置信，这江湖女子竟敢怀疑本王是别人养的小白脸！

“狂悖！”他的面容终于染上薄怒，毫不留情地斥责道。

闻言，言笑笑将手中的匕首又往他的脖子送了几分。

面对赤裸裸的杀气，周夙不免动作一顿。

他往后仰了仰，奈何衣襟团在她的手心，整个人又被迫拽了原处，他无奈道：“你一介未出阁的姑娘对外男动手动脚，不识礼也？”

这是拐着弯骂她粗鄙？

“你！”

没同他算账，反被训斥，薄薄的刀尖轻颤，言笑笑愤愤地望着他，几乎要控制不住自己的刀锋。

言笑笑胸口起伏了好一阵，她平静下来，将他自上而下打量了好一会儿，炯炯亮光的凤眸里丝毫未曾流露怯懦之色，气势坦荡磊落。

言笑笑不甘心地紧咬唇瓣，终将他的衣襟松开：“姑且放你一马。”

周夙拂了拂褶皱的衣襟，锐利的眉眼半敛，嫌恶般吝啬陈述：“后会有期。”

眼瞅着人撂脸离开，言笑笑突然拽住他的袖子，将其拖回原处：“谁许你走？”

周夙面上分外恼怒，实则内心得意舒畅，他已料想反其道而行之必定会被言笑笑拦下，如今被强制押解入京正合他意。

哪里想到言笑笑突然嗤笑一声：“刚好本姑娘也顺道离开，一起吧。”

“……”

言笑笑皮笑肉不笑，双手环胸正视于他，杏眸里俱是满满的算计。

想他终日打雁,也有被雁啄的一日。

这下九流的江湖女子,倒是会在人前卖乖弄巧。

此时此刻,周夙不得不重新审视面前的女子。

杏眸如波,酒靥柔媚。

周夙嘴角微扬:"姑娘甚是伶俐。"

"承让!"

"跑江湖的习惯,说与你行为相反的话诈一诈才放心,未承想公子竟不是江湖中人,露了馅。"话音刚落,言笑笑掉头走人。

轮到对方撂脸离去,反将他一军,周夙嘴角的弧度更深了。

这姑娘欲擒故纵使得颇为娴熟,甚是会拿捏人心。

他无可奈何,朗声道:"在下乃公门中人,假扮尸体入京是公办。"

言笑笑脚步突然一顿,头也未回突然拔腿狂奔。

她前脚才与马彪卖了他,严格来说,她才是贼。

贼遇官,可不是耗子遇见猫?

见状,周夙身手利落地翻身堵截在她跟前。

言笑笑心底止不住焦躁不安,她信这个说辞,毕竟一个偶然困在棺材里的贼,永远想的是逃跑,而不是阻拦自己逃跑,动机相驳,唯有现下公门中人的身份合乎情理。

脑海里不断闪过仿若走马灯一般的回忆,昨儿如何用黄符贴他脑门,如何将他发卖分赃,如何将他挖出循环利用。

她顿时浑身一个激灵,满脸赔笑谄媚:"呵呵,瞧瞧官爷说的话,小女子是被迫、违背意志行事,如今您亮明身份,小女子岂敢敬酒不吃吃罚酒?"

瞧瞧她这副我见犹怜、柔弱楚楚的模样，戏唱得倒是颇为娴熟。

周凤在她身边多踱了两步，一时兴起，竖起骨节分明的手指掰起数，微合眼帘畅然道："本官且数数你的罪行，走私贩卖尸体，诈骗雇主，偷盗尸体，再贩卖牟利，数罪并罚，判处个十年少不了。"

捂额腿软的言笑笑掀开眼角瞅了他一眼，又无力垂落，满满叹息："我……我头有些晕晕沉沉的，要不官爷说说您的条件，不然将我吓死，您就前功尽弃了。"

周凤眼眸里的笑意染满眉梢，故作起冷凛姿态："本官就喜欢同聪明人合作。须得姑娘继续掩护棺木入京，赶在明日亥时前交予雇主手中，届时会再付你五十两的酬金，如何？"

五十两酬金！

她活了十八年还没揣过那么多银子！

冷静！冷静！

人为财死，一位金蝉脱壳躺在棺材里入京公办的官爷，只怕是摊上了大事，后头没有追兵搜寻他才是怪事！

她敢接不要命的活？

她干巴巴笑了声，讨好道："官爷！您太看得起我，现下我只是手无缚鸡之力的弱女子，自身难保入了贼窝，您将我绑了下大狱，好歹还能保一条小命，要掩护您，可能连小命都保不住。"

这个答案令周凤分外不满意，冷冷瞟了她一眼轻哼嗤道："果然是个软骨头。"

言笑笑也不恼怒，脸不红气不喘地淡漠回应："下九流连肚子都填不饱，自是没有官爷这等胆识与气魄。这样吧，官爷的身份既然暴露，我替您隐瞒便是，至于掩护，恕我没这能耐。"

"你！"

他知晓，这女子不肯就范，是仗着扶灵哭丧人随时会返回，现在确实不是胁迫她的好时机，待化解危机再同她慢慢清算旧账也不迟。

"好，依你。"

颇为恼怒地落下这话，周凤拂袖转身，默默翻上板车躺回灵柩，闭上眼睛冷冷命令："盖上棺材板。"

"来了！来了！"言笑笑的嗓音里透着丝丝雀跃，心甘情愿卖起苦力。

少顷，驾车返回的扶灵哭丧人，远远瞧见言笑笑竟然还守着棺材，无不露出惊愕神色。

马彪呢喃两句："这姑娘脑瓢子果然如所见那般蠢钝愚昧，竟然还等在板车上？老子以为早觉察到入了贼窝，被吓得胆战心惊跑得没影了。"

赵老二小声附耳："依我看，就是被昨日几两银子晃瞎眼，毕竟没见识，平日里连馒头都啃不上。"

"没跑正合老子心意。管事虽未明说，半道察觉他举荐一无所知的生瓜蛋子扶灵就没安好心，不过是想借咱们的手，将她交予上线，发卖远乡挣些银两。"

不服气的赵老二啐了口唾沫："呸！腌臜的活咱们干，也没见管事额外付银子，贩人口这档子事可比卖尸体的罪名重多了，这事犯了咱们忌讳，万一出事再让咱们顶罪，天底下哪有人干这蠢事？"

思索片刻，吐出一口浊气的马彪，翻身下了马车，大步流星走到言笑笑的面前,挑开话:"仙姑难道还想跟随老子接私活?"

言笑笑见他们丝毫不提崔媒婆银子一事,想来是已得了手,装傻充愣应道:"抚养我长大的夫子年岁渐长,顽疾积重,既然私活十分挣钱,我想多跑一次货,待回了榕城,也好给老人家买些补药。"

顿了顿,生怕马彪面冷心硬,她又撑起江湖义气旗号:"再则,既然跟了马老大做私活,自是没有半道撂下的道理。"

赵老二落在她身上的目光不屑一顾,满是轻蔑:"你出了什么力,还想再分一杯羹?"

马彪突然拦在赵老二身前,将言笑笑从上至下打量了遍,倒是个知恩义的姑娘,折在那群人贩子手里怪可惜。

马彪:"你既无长处又无力气,跟着咱们做私活只会拖后腿,侯玖屏闺女那活且不与你计较,你走吧。"

呜呜,直截了当戳人短处赶人走,这架势言笑笑真没见过。

她脊梁骨抵着凉飕飕的棺材板,唯有硬着头皮拒绝:"马老大说笑了,你们都分了崔媒婆的大头,我不过就吃口汤,不为过吧?"

疾言厉色的赵老二突然大喝一声:"不上道!"

马彪忙使眼色制止他的后话,仿若在言不可来硬,以免狗急跳墙向官府举报,那可叫他们吃不了兜着走。

马彪嗓音却比前一刻冷硬三分:"给你个忠告,见钱眼开,小心有钱没命花。"

他大手一挥吩咐道:"走,上路!"

他又看了言笑笑一眼:"哼!不识抬举!"

落在后方独自赶马的言笑笑呼出一口气,只觉后背湿漉漉透着拔凉,小声胁迫道:"官爷,您可要保我的小命!不然我就卖了你!"

周夙:"……"

旭日初升,驰骋在官道上的嘚嘚马蹄声戛然而止,马彪突然在三岔路口前勒紧缰绳,马儿驶入羊肠小径后骤然殿后缓行。

言笑笑怔怔瞧着马彪领着赵老二坐在板车后方,不忘用枝条扫清车辚辘留下的浅痕,她心有余悸地追问:"马老大这是何故?"

马彪头也未抬应了声:"清晨崔媒婆弃银涉水而逃,定然咽不下被劫财这口气,既见到马车驮着棺材,岂会不知咱们偷龙转凤将坟里掉了包,此刻定是赶往侯府告状。

"侯玖屏家大业大,知道咱们掘了他宝贝女儿的坟抢了他女婿,自然不会善了!梁子既然结下,决然不能被侯府下人围堵,那才真真是死路一条!"

额际上染了汗珠的言笑笑有些迫切地催促:"那得赶紧逃命啊!"

"这不正在销毁行踪。"马彪眼皮子一掀,啐了口唾沫,"所以说你个假仙姑没见过世面,一遇讨债人便自乱阵脚。任那崔媒婆两条腿再快,没个把时辰也联络不上侯府的人,等侯玖屏带足人马追到此地,早过了半日,到那时,咱们怕是入了淮山县。"

言笑笑很是惊讶:"淮山县?怎么改道去那儿?"

"逃命不改道仍原路入京,那不是等着瓮中捉鳖!"

侧耳倾听的周夙拧紧眉头陷入沉思,经马彪毁灭行踪绕道,跟随在后方的暗卫势必要与他断了联系。

入京需从长计议更为谨慎,否则被史贵妃的刺客发现他的行踪，只会不死不休。

虽因冥婚耽误了些许时辰，明日亥时前抵达目的地仍有余地，周夙心底合计起淮山县的地理位置，虽与原计划的路线相去甚远，可他记得，淮山县有个青山码头可乘船顺流入京，反倒能够节省脚程。

周夙修长如玉琢的指骨极轻地敲打在棺材板。

"咚、咚、咚！"

三下突兀的声响钻进言笑笑的耳朵里。

面若镇定的她压低嗓音应道："官爷有事交代？"

"改道淮山县的青山码头。"

青山码头？

虽然她仍有疑虑却没敢多问半句，反倒笑吟吟地恭维起马彪："还是马老大见识广博，这一改道淮山县自是不怕侯玖屏带来的人马，有您撑着场面，妥了！"

赵老二一拍胸脯竖起大拇指不忘吹嘘自己的老大哥："那是，咱老大走南闯北，什么稀奇古怪的事没见过，可谓身经百战！"

"呵呵！是，什么勾当都做过，才会被那么多债主追讨，以至于久经沙场成了老油条。"这话言笑笑可没胆说出口，不过是在心底腹诽一番罢了。

突然直起身子的马彪拍了拍手心里的尘土，看了眼望不到头的林荫小道，大手一挥："行了！侯玖屏的人马一时半会儿寻不到这里，正常赶马就行，等下一个三岔路口再销毁行迹，应该就能摆脱他们。"

旷野林动，青蒿飕飕，两驾马车一前一后不知行了多久，连日来驱马东躲西藏，致使六人已是困乏至极，虽然轮番浅眠，却也是疲惫不堪。

他巡视了下周遭环境，瞬目眺望辽阔静谧的原野上，清风和煦，偶有鸟儿振翅高飞，果断跳下板车的马彪双手枕头惬意地躺在蒿草中，不消片刻眼皮已然耷拉下来："两日忙碌，大伙想必都累了，休息片刻再出发。"

"是。"松了口气的扶灵哭丧人，陆续分散开来躺进蒿草里补眠。

言笑笑将驮着棺材的马车刻意停在蒿草深处，距离一众扶灵哭丧人约莫十米开外，隔着密林般的茎秆，依稀瞧见有人仍怀顾虑迟迟未曾躺下，忙出声安抚："路途上多亏了几位大哥对我百般照顾，才让我得以心安熟睡，大哥们放心，我这就替你们望风，一定不敢偷懒。"

一个小娇娥能望风？

再说，她趁人熟睡拉着棺材跑路了怎么办？

然而扶灵哭丧人尚未表态质疑，马彪率先开了口："睡吧，要走她早已离开。"

一众人恍然大悟地点了点头，再也支撑不住，齐齐躺下未言半句。

少顷，鼾声如雷，借着猎猎风声隐约传来，言笑笑终于松了口气，小心翼翼地推开棺材板。

温暖的阳光蓦然至苍穹倾泻而下，尚不适应强光的凤眸微合，隔着眼缝，周凤依稀辨出圆润的轮廓，自然淳朴的笑靥，有如一股暖阳，照亮了棺材内的幽暗，周凤躺在棺材里，一时竟有些愣怔。他脑海里闪过描写洛神的赋词：远而望之，皎若太阳升朝霞；迫而察之，灼若芙渠出渌波……

"官爷？官爷？"

见他迟迟不应声，言笑笑轻蹙眉梢，莫不是躺久了犯迷糊？

手在他的眼前虚晃两下，骨节分明的五指乍然抓住那只僭越的纤细皓腕，本能地扯了下，却未料到重心不稳的言笑笑身体失控骤然前倾，一个倒栽葱狠狠砸进棺材里，"咚"的一声闷响，白皙的额头两两相抵，四目相对近在咫尺，炙热的呼吸烫得人双靥发慄。

什么情况？

言笑笑撞得发晕，久久保持着暧昧姿势缓不回神。

周凤瞬间清醒过来，嫌弃道："你这算是投怀送抱？"

言笑笑"噌"地支棱起身体，原是想告诉他"出来喘口气吧"，结果太气出口全变了味："我怕你在里面闷死，我的五十两没了怎么办。"

勃然作色的周凤眯起了眼睛。

他扯着嘴角复述："闷死？五十两？"

这姑娘不但举止僭越，没想到竟还是个势利眼。

他是看走了眼，才会觉得下九流配得起赞誉洛神的赋词！

正容亢色的周凤不怒自威，往日里群臣见了哪一个不是瑟缩惶恐，始料未及的是，她竟不惧不畏，反倒嗤笑一声："你可以继续赌气在里面闷着，看谁横得过谁？"

周凤一时语塞，想到返京路途还需借她的力，小不忍则乱大谋，只能叹口气作罢。

言笑笑见他垂眸凝思，毫不犹豫地重重合上棺材板。

周凤本能想用手臂撑开缝隙阻拦她的动作，未料到棺材板盖得既迅速又果决,刚好砸在他的腕骨,登时叫他倒抽一口凉气。

无心之失闯出祸事,言笑笑惊呆了,面色"唰"地白了两分,不管不顾地握紧他的手,嘴里连说抱歉:"对不起,对不起!我不是故意的,您的骨头没断吧?"

"不知道,许是断了。"周凤紧捂着手腕,低垂着眉睫,双唇紧紧地抿在一起,似乎疼痛难忍的样子。

"有那么疼吗!"见他眉头尽拢,言笑笑彻底慌了心神,素手悬在半空中,迟迟不敢触碰他的腕骨。

"要不你来试一下?"

"呜呜,我真不是故意的!"言笑笑满满自责,欲哭不敢哭,眼巴巴地瞅着他,"对不起,真的对不起。"

瞧她一副比自己还要痛的模样,周凤心底暗笑,但揶揄道:"态度诚恳,自然应拿出些实际行动才是,医馆问诊费总少不了。"

言笑笑彻底呆滞,被氤氲雾气弥漫后的杏眸水灵灵的,好半响,才呢喃自语恍惚道:"多……多少钱?"

"有多少银子?"

银子?

那是多么奢侈的东西,她只有铜板!

见他虎视眈眈,言笑笑硬着头皮掏荷包,刚摸到几块硬邦邦的东西,很是痛惜,强忍不舍地递给他:"这是马彪给我的三两银子,您瞧瞧够问诊费吗?"

周凤轻挑眉梢,二话不说将银子揣进兜里:"本官若没记错,这是卖了本官配冥婚的赃款。"

微垂着头的言笑笑气息弱弱应了声:"嗯。"

"本官身为朝廷命官,岂能受贿赃款?得没收,这可作不得数。"

"欸？怎么可以这样！"

见那只修长如玉琢的宽大手心依旧横在眼前讨要问诊费，言笑笑觉得继续往荷包里掏铜板比剐她肉还要痛，她窸窸窣窣地把全部铜板倒出来仔细清点，足足三十八枚铜板，这是她的全部家当。

周凤也没料到她真如赵老二说的那般凄惨，已是穷得揭不开锅才接了扶灵哭丧的活，哪里想到眼神不好还被卖进贼窝，怪不得现下反应如此激烈，食不果腹的弱女子，哪有银子赔偿他？

原就想着一路躺棺材里太无聊，又被卖来卖去心中窝火，想整整她寻回点场子，没想她这么好骗，吓得小脸煞白，眼泪也在眼眶里打转，他不由得心软："行了，你也不容易，这些铜板便自己留着吧。"

言笑笑顿时松了口气，又看到周凤通红的腕骨，心底满满都是歉意。她沉沉地吸了口气，鼓起勇气指矢天日许诺："先才是我对不住官爷，您大人不记小人过，我言笑笑不是忘恩负义之辈，今时向您许诺，这一道上无论发生何事，定然竭尽全力护您入京。"

看她正儿八经起誓，周凤颇为无奈，好笑道："你平日里，都是这般轻……嗯，深信于人？"

"啊？"她摇了摇头，没明白这话是何意。

眼瞅着她巴巴望着自己，周凤委婉道："言姑娘的家里人可知晓你跟着外人扶灵哭丧？"

她愣了愣，不悲不痛陈述道："我没有亲人，身边仅剩下好心收留我的庄夫子，现在他老人家岁数大了，身子骨越发不利索，自是应该我外出谋生照顾他。"

见他彻底无言,言笑笑思索片刻,突然嘴角弯弯扬起好看的弧度:"您是担心我被马彪贩卖,所以委婉提醒我?"

她竟心如明镜,早已猜到马彪的意图?

周夙满脸诧异瞅着她,瞧得她怪不好意思,匆匆别过脸撩起耳边的碎发:"您真是个好人,还替我的安危着想。至于此事您莫要忧心,人口贩子不还没到,兵来将挡,水来土掩,腿长在我自己身上,寻得时机逃出去即可。"

瞧她那副气定神闲的模样,倒显得他多管闲事:"言姑娘平日里经常遇见坑蒙拐骗?"若非经验丰富,怎会似马彪那般应对自如。

"我在市井长大,像我这类举目无亲的弱女子,向来是人贩子的头号目标。"

听到这里,周夙迟疑了,有些不可置信:"地方官不管吗?"

"地方官?"言笑笑似戏谑地笑了下,"大人们约莫是心有余而力不足。"

见他很是疑惑,她故而解释道:"僻壤之地,似侯玖屏这般的显贵,关系可谓盘根错节,冥婚贩卖尸体、人口已成产业链,更别说吃绝户那等丧尽天良的行径。县官任期三年,可能刚摸清门道就等着调任,孤家寡人如何敌得过地头蛇?"

"那便是朝廷的制度有问题。"

周夙的话音刚落,便被一只柔荑捂住嘴,言笑笑狠狠瞪了他一眼,还带着教训的口吻叱责道:"你不要命了,议论朝廷制度?虽说当今陛下圣贤,可天子远坐明堂,哪里晓得县乡下皆是土皇帝?那也太为难陛下了。"

土皇帝？

呵，光这三个字就够诛九族了。

言笑笑毫无意识捂住他嘴甚为不妥，反倒絮絮叨叨起自己的见解："民间盛传，年事已高的陛下属意已崩逝的前皇后所出嫡子继承大统，我听说啊这位八皇子不是省油的灯，志向远大，脑子里装的都是开疆扩土，想必八皇子登基，就更没有闲工夫管穷乡僻壤的百姓过的是什么样的日子了。"

志向远大，开疆扩土的周凤被她堵得一句话都说不出，愣愣瞅着近在咫尺的小嘴，训斥他议论朝政，自己倒是滔滔不绝，抒发见解。

再寻思了一会儿她说的话，似乎并无错处，他的性情、志向皆如她所言，稳坐朝堂确实孤陋寡闻，这一次意外旅程反倒让他亲眼目睹乡野民俗陋习是如何荼毒底层百姓！

志向远大的八皇子在心中暗暗起誓，破除民俗陋习，颁布新律，迫在眉睫！

"你怎么不说话？"话音刚落，言笑笑一回首，正对视上一瞬不瞬凝望自己的凤眸，有些懵然，有些迟钝，好半晌醒悟过来，她"噌"地拉开距离，"咳，我只是怕您口不择言。"

"嗯。"周凤轻咳一声，沉默了一会儿，见她别过脸想逃，立刻转移话题，没头没尾问了句，"言姑娘觉得，平民百姓最在乎的是什么？"

这一打岔，言笑笑果然坐回原位："平民百姓？当然是白花花的银子啊！作甚用这般庸俗的眼神看着我？民以食为天，银子可解百忧。"

"本官只是觉得，言姑娘所言很有道理，这个问题是本官考虑不周，在其位，谋其政，才能更有利于民生。"

言笑笑狐疑地看了他一眼，试探了一句："说得您好像能给百姓谋福利似的，您不是武职？现在朝堂上武官也能插手文官的事了？"

官爷年纪轻轻，即便是武职应该品阶也不高。

他这番话的言外之意，难道因为出身不低？

眼见她将自己上下左右打量个遍，周凤清了下嗓子，正色解释："可……可能本官志向远大，发现武职无法解决民生，这与本官为百姓服务的宗旨相悖，如今知晓，就得努力考取功名，为百姓谋福祉。"

言笑笑敬佩不已，拱手恭维起来："官爷前途不可限量！不过我觉得您岁数不小了，早已过启蒙的年纪，如今返回去考取功名，有点为时晚矣，想为百姓谋福祉也并非考取功名一条路，武官的志向，无须拘泥为百姓增收银子，因为维护治安，惩奸除恶，扶正灭邪，保护百姓的人身安全，同样是份大事业。"

惨遭误以为守大街的周凤，欲言又止地看着她。

见他未曾否认守大街，言笑笑怕他志向受挫，一时间难以接受伤了自尊，连忙善解人意委婉宽慰起来："我并非小觑您的意思，实在是当年好心收留我的大善人庄夫子，考了一辈子功名，最后还是个秀才，可见科举之路多么艰辛，庄夫子在您这个年纪的时候已经是秀才多年。"

顿了顿，她见他仍是一副想不开的神情，唯有继续勉励："再则，读书人一个月所需的笔墨纸砚消耗颇大，您这般年纪，还无阶无品，每月俸禄开销后也所剩无几，这还没娶妻生子，所以您如今心血来潮改志向，真的须得慎之又慎。"

一个志向问题，周凤突然觉得身上被她贴了"一把年纪""无阶无品""文不成武不就""娶不到媳妇"的诸多标签。

可仔细琢磨她的话，硬是寻不出一丝错处。

言笑笑见他情绪低落始终未发一言，实在有驳性子。

呜呜！一定是她心直口快伤了官爷的弱小心灵。

"别心灰意冷，您还有我，朋友是一辈子的，您将来若是有难处可来寻我，莫要觉得难为情，我是真心实意要对您倾囊相助。"

周凤瞟了眼她手心里的三十九枚铜板，沉默不语。

"我没有夸下海口！真的！"话音刚落，为了让他相信自己是真心实意要与其结交，言笑笑毫不犹豫清点出十九枚铜板，塞进他的手心，"拿着！"我的一半家产。

十九枚铜板塞了他小半个的手心，明明无足轻重，可他竟觉得沉甸甸的。

手指握紧将要收回时，见她护犊子似的仍不肯撒手，一双杏眸里抒满纠结、肉痛、不舍，仿若怕他不识其中重量，又强调了次："好生拿着，不许乱花。"

"嗯，我记着。"他忽然笑了，潋滟的凤眸令碧翠荷叶间那抹妖冶的嫣红都禁不住羞回暗处。

言笑笑亦是看痴了，好半晌回过神迅速别开脸，靥上犹不自知晕了淡淡一抹粉色。

官爷这副皮囊当真是举世无双令人垂涎。

虽然一把年纪，无阶无品，文不成武不就，但是就凭这副好看的皮囊，约莫是能傍上一位富家小姐做个赘婿。

她真是咸吃萝卜淡操心，一想到十九枚铜板，又是一阵肉痛。

周凤瞧出来她是真的被剜了肉般痛惜，可手心里她所珍视的十九枚铜板他却没想过再还回去，反而收拢揣进袖子里。鬼使神差一般，他承诺道："你放心，本官不吃白食，将来让你吃香喝辣，穿金戴银。"

"真的？"言笑笑杏眸一闪恍，然而下一刻，周凤靠着号称断了的腕骨一个翻身出了棺材。

"你……你个骗子！你手腕根本没断！"言笑笑气得跺脚。

周凤："姑娘刚刚许下重誓要护本官入京可不能食言。"

十分不甘心的言笑笑冷笑一声："嗬！我是许诺了护你入京，可没答应只收五十两银子！"

"那言姑娘想要多少两银子？"

气不过的言笑笑打算狮子大开口一回："六……七……不，一百两银子，一个子都不能少！"

哪里想到周凤眼睛都不眨应了下来："好，一百两就一百两，言姑娘都将一半身家分于本官了，患难与共的情谊，本官还能亏待言姑娘？"

满脸不可置信的言笑笑怔了怔，仍旧不敢相信，他承诺得这般轻巧，那可是一百两银子！

见她狐疑，周凤再次强调："我这人说话一诺千金，言姑娘无须存疑。"

"哼，姑且信你这次，若是到了京城你敢赖账，我便将你配了侯玖屏千金冥婚这事宣扬出去，到那时，我看还有哪户人家敢将姑娘许给你做妻。"

周凤要说的话一下子卡了壳，顿时无语。

第二章

献祭

清波微澜，红楼画舫烟雨中，一水抱城，斜阳绿柳春姿柔。

微风袭帘，凭栏远眺如花似玉的美娇娥突然遥指苍穹，欢欣踊跃："教主大人，您快看天上，有彩虹！"

"嗯……"司安的注意力全然落在手心里陈旧泛黄的如意结，漫不经心地应了声。

凝望着他抒于眼眸里的情意，江子衿的心已凉了半截，才有了那人的消息，教主大人就忙着睹物思人，倘若言笑笑真被接来，教主大人的心里哪还容得下她？

话虽如此，她却不敢扫了司安的兴致："教主大人寻了这么多年，如今有了言姑娘的消息，应当高兴才是。"

"是该高兴，只是……不知道她还恨不恨我。"司安垂下眼，低声道。

他每每忆起，分别时她才九岁，过了近十载才有了她的消息，便觉心焦火燎。何况属下回禀时，说她前些年连顿饱饭都没吃过，全靠心善的老夫子接济才得以勉强度日，现下还被人卖进了贼窝，这叫他怎能不忧心？

江子衿微微垂下眼睑："有些话虽不当讲，可即便犯了教主大人忌讳，子衿仍要说。教主大人是要干大事的人，何以寻回一个手无缚鸡之力的软肋放在身边。"

司安低声重复："软肋？"

他蓦地回首，一脸肆意地看向她："那又如何？"

见她神色黯然，司安极轻地笑了下："我和笑笑之间的羁绊，旁人是无法理解的。"

他与她相遇的时候，父母横死，家破人亡，一夕间成了丧家之犬东躲西藏。

人在最彷徨无助的时候得到些许温情脉脉，就像灼烈的酒，使人沦肌浃髓甘之如饴。

江子衿神色晦暗不明。

她是不理解！

教主大人向来冷情寡淡，何时成了痴情之人。

不甘的醋意弥漫开来，却终是湮灭在无声的寂静里。

司安抚过如意结，远眺虹霓，弯起嘴角："笑笑，九年未见，你可安好？"

和煦的微风拂过树梢。

入了淮山县，繁华的街道两旁屋宇鳞次栉比，酒肆、作坊林立，街市上行人摩肩接踵，人流如潮，正在支摊商贩撑起招揽客人的旗幡卖力吆喝，神清气爽的言笑笑深深吸了口气，仔细聆听世间的热闹。

大半日的工夫，一众七人如期抵达淮山县，借着繁华闹市做掩护，马彪估摸着侯玖屏的人马一时半会儿寻不到此地，于是宣布在此地饮口茶水，暂且歇脚。

忽地，远方熙熙攘攘的人群簇拥着一艘庞然大物迎面驶来，只见二十四名魁梧壮汉肩扛龙船步辇，随着鼓乐声沿着河道一路缓行，娇柔妩媚的伶人正用清丽嗓音献唱《祭龙神》，曲调婉转悠扬，旋律轻快缭绕。

伴随着嘹亮的歌声，踩着节拍载歌载舞的民众热情欢呼，无不激情澎湃鼓掌呐喊，仿若最虔诚的信徒恭请龙王降下神旨。

自幼生长在穷乡僻壤之地的言笑笑何时见过这等阵仗，忍不住站在茶肆间踮起脚尖探头张望，透过远方密密麻麻的人群，只见一名女子端坐在龙船床上的步辇中，一道薄纱悬挂在窗口，隐隐遮住了女子的面容。

"马老大您见多识广，可晓得今日淮山县是在举办什么盛大的节日吗？"

马彪凝望着远处端坐龙王步辇中的女子，经年累月已渐淡忘的记忆如潮水一般纷至沓来，他的眼前恍惚又看见记忆中那位盛装施粉坐在步辇里的女子，那时她的钗环撞得"叮咚"响，信徒们前呼后拥，气派非凡。

当时的他看着那样气派的场景，被深深地吸引住，一时迷了眼。然而，他没料到的是，几乎一瞬间，女子那抹娇媚的曙色身影蓦地沉入滚滚浪涛中，尚且来不及呼救就被东海无情吞没。

马彪眉头紧蹙，端起茶盏大口灌饮，咬牙切齿似的念出口："三月初八，龙王祭！"

"一定是十分盛大的庆典吧？我在榕城都没听过龙王祭。"言笑笑丝毫未有所察觉，兴冲冲突然回首，却与目露凶光的马彪对视上，形成了鲜明对比。

她瞬间愣住了，瑟缩了一下，有些害怕地呢喃道："马老大这是怎么了？"

赵老二刚欲附耳，马彪却蓦然站起身来，遥望龙船上的模糊倩影，粗声粗气地解释道："很久以前，淮山县那群渔民出海捕鱼，每年都必定向劳什子龙王求平安，还要那龙王保佑他们大丰收。

"这县里的人还专门给龙王建了庙，每天供奉的香火都够老子吃一年！后来还每三年选一个龙女出来侍奉那龙王，就为了保佑他们自己！"

茶肆里的店小二与淮山县人闻声纷纷侧目，店小二吆喝道："瞧这外地小哥，想必是见识过咱们县的龙王祭，才如此清楚来历呢。"

马彪没有接话，但也不妨碍店小二滔滔不绝地介绍起来："龙女是由县里村民们共同选出来的，不是小的自夸，历届的龙女大人说是倾国倾城也不为过！"

不明就里的扶灵哭丧人纷纷站起身来遥望远方，好奇道："美人？"

看着这群下九流一听到美人眼珠子都要瞪出来了，店小二的语气里忍不住微带鄙夷："龙女大人即将侍奉龙王，乃是龙王的人，各位客官可别抱有不该想的念头。"

"是，是！那自然不会。"

侍奉神明这词言笑笑还是知晓的，榕城各自村里也会择选出完璧之身的圣女，让其前往供奉金身的庙宇，每日每夜念诵祷告祭文，庙宇里的日子清苦，如花似玉的圣女须得苦熬数载，方能功成身退。

"淮山县既然三年遴选一位圣女侍奉龙王，那这位圣女可是要在龙王庙中念诵祷告祭文三年方可下山？"言笑笑问。

三年说长不长，还是有盼头的。后面这话言笑笑却没敢直言，只怕犯了淮山县民的忌讳。

哪想到店小二抹布一甩搭在肩膀上，畅然大笑起来："我们淮山县人最虔诚，区区告文如何让龙王眷顾咱们淮山县民？既然要圣女侍奉龙王大人，自然要贴身侍奉，方能显示咱们淮山县民的虔诚！"

"呵。"马彪不轻不重地冷笑一声，却未开口应承半句。

不明就里的言笑笑懵懂追问："贴身侍奉？可龙王乃是神明，这位遴选出的龙女是要进寺庙中天天擦拭龙王的金身？"

"哈哈！瞧瞧姑娘说的是什么话？擦拭金身这等卑贱的事哪能龙女去做？龙王大人垂怜龙女，当然是要龙女沉入东海回归龙王大人怀抱！"

"什么？！"

言笑笑听见这个答案愤怒得猛拍了一下棺材。

棺材里的那位被突如其来的巨响吓了一激灵，被棺材板的灰坠了满脸。

同样被惊吓不轻的赵老二咽了咽口水，迟迟缓回一口气："这就是传说中的活人祭？"

话音刚落，马彪狠狠地瞪了他们一眼，一众扶灵哭丧人无不纷纷闭嘴。

店小二见怪不怪地哼着小调,继续干活,众人一时间相顾无言,马彪抛下几枚铜板招呼道:"行了,没什么好看的,休息好就继续启程,咱们在淮山县还要寻位合适的雇主再做笔买卖。"

经店小二解释龙女沉海侍奉龙王,众人再没心思关注龙王祭,纷纷翻上板车打马而去。

言笑笑心底不是个滋味,想着端坐龙船步辇中的龙女,她的双亲养育她十分不易,可舍得见她沉入东海?

末了,言笑笑又有些自嘲地笑了下,她都自顾不暇了还管得了外人?

况且这是淮山县的风俗,她不过是个过客罢了。

少顷,二十四名魁梧壮汉肩扛龙船步辇迎面而来。微风袭帘,垂落步辇上的裙摆罩着一层薄如蝉翼的绢纱如风吹仙袂,飘摇飞扬。

独自赶马的言笑笑漫不经心瞅了眼步辇上的美人,哪想到这一瞧竟是再也移不开目光,她不可置信地呢喃:"王……王姑娘?她怎么会是龙女?"

纷繁芜杂的记忆涌上脑海,那年的榕城是个银装素裹的世界,河道封冻,千里冰封。

她已经饿了整整两日,平日里栖身的陋室又被恶霸占去,衣衫褴褛的她舔舐着干裂的唇瓣,再无力气寻找吃食。

夜色浓重,寂寥幼小的身影步履蹒跚漫无目的在闹市行走,最后蜷缩在一处篝火边取暖,幻想着借着些许暖意睡上一觉,指不定明儿一早就有哪个好心人赏她一口馒头吃。

可是那年历经蝗虫、干旱,又接着雪灾,诸城早已光景惨淡,饿殍遍野,榕城亦是涌入了许多流民,即便有好心人也救助不过来如此多的灾民。

许是她那日运气极好，一位貌美心善的富家小姐路过，见到了她即将饿死的惨状，于是将她带回了府上，供她吃穿。两人相处了一段时日后，待她准备离开上路时，对方又给予了她一大笔盘缠。

侥幸得了富家小姐王娇的接济，她捡回了一条命，即使过去多年，她仍旧不敢忘记那位小姐的面容，瓜子脸上玉颊樱唇，一颦一笑间顾盼生辉。

如今再次得见故人，言笑笑喜不自禁，当瞧见她的脖颈间仍坠着依依惜别时自己送予她的镂雕芙蓉玉佩，她更是倍感亲切。

掩不住激动心绪的言笑笑极力克制住喊出她名字的冲动，现在可不是叙旧的时候。王娇现在是龙女，意味着其即将被献祭于龙王。这是条不归路，她决然不能眼睁睁看着王娇去赴死！

"马老大，我观龙女不悲不痛，面无表情，难道她不知道此行将不久于人世？"

马彪瞅了眼神情呆滞的龙女，冷哼一声："服用迷魂药后神志暂失，自然任人摆布。"

言笑笑恍然大悟，紧握拳头不再言语。因时间紧迫，此时此刻她的心绪彻底乱成一团糨糊，一时间竟想不出应该如何机智地化解危局。

言笑笑刻意驱马缓行，同前车拉开一段距离后，她轻轻地敲了敲棺材，尚未等到回应，就快速低声道："官爷，我可以送您入京分文不取，只想求您一件事。"

事有轻重缓急，一个穷得响叮当的爱财之人，毫无征兆突然分文不要，周凤稍一推断，便知是因为骤然打乱计划的龙王祭：

"你认识龙女？"

言笑笑未曾料到他竟会一语道破天机，又惊又喜："官爷！您真是聪慧过人！我就知道您一定会有办法！"

哪想到，周凤的下一句话便朝她无情地泼了一盆冷水："少拍马屁，你想救龙女同赴死有何区别？大闹龙王祭后，你以为龙王信徒会轻易放你离开？稍有不慎落入龙王信徒的手里，指不定就成了圣女侍从一同被扔进海里。我不会帮你的，这也是在救你的命。"

"你！"言笑笑被他的一番话噎住，她虽心有不甘，一时间却又说不出反驳的话。

虽然多年游走市井的经验提醒她该量力而行，可是赴死之人不是外人，是她的恩人王娇！

如今事发突然，她又手无缚鸡之力，想个万全之策再行动已然来不及，唯有铤而走险。

言笑笑的五指不知何时已然紧握成拳，她狠狠一咬牙，再开口时，话音里透着冷峻肃穆："官爷，您说得在理，只是那龙女对我有救命之恩，如今恩人蒙难，我岂能熟视无睹，任她沉入东海？"

说到此处，言笑笑的眼神更加坚定："人生自古谁无死，庄夫子若在此处定会赞同我的选择，即便豁出性命飞蛾扑火也要搏上一搏，既然官爷不愿出谋划策，我也不愿强人所难，只望余下的路您能顺遂入京。"

闻言，周凤心中陡生不悦，这刺猬还敢同他说这番慷慨激昂的陈词滥调？怕不是同那老秀才读书读傻了！

嘲讽的话已然在嘴边，他刚要开口，马车却突然停下，让他的心骤然一紧。

眼见她是真的铁了心要去赴死，周夙忍不住又气又怒，这刺猬怎就拎不清自己几斤几两？

蚍蜉撼树，不自量力！

"不许走。"

话音刚落，他便觉得自己真是多管闲事，小刺猬要捐躯，跟他又有何干系？

终于等到挽留的话！

按捺不住激动心绪的言笑笑一个没留神，小心思彻底显露无遗："官爷您真是大大的好人！我就知道您不会视而不管的。"

周夙此刻才觉察出阴谋味，他不禁沉默了片刻，只觉又气又无奈。

这刺猬竟敢给他挖坑。

周夙嗤笑一声冷言道："本官何时承诺过？只是让言姑娘不许走罢了。"

她险些被这话噎得背过气，恼怒道："官爷究竟要什么条件才肯帮我救龙女？"

周夙想了想："都说滴水之恩自当涌泉相报……"

他话还没说完，便被言笑笑匆匆打断："我懂，我懂！滴水之恩自当涌泉相报，救命之恩无以报答，只好以身相许！"

以身相许？

躺在棺材里的周夙突然挑起眉梢。

"官爷既然救了龙女，那就让龙女以身相许好了！"

周夙瞬间黑了一张脸："闭嘴。"

呃？

言笑笑迟钝地瞟了眼棺材板。

她说错话了吗？没有啊，那龙女美若天仙，谁会不喜欢。

不知是活人献祭让周夙动了恻隐之心，还是言笑笑以卵击石的勇气感染了周夙，感性在一瞬间占了上风，周夙提示道："本官听马彪的语气似是对龙女有些怜悯，言姑娘不妨拖他下水。"

"欸？马老大？"言笑笑赶忙"噌噌噌"地凑到棺材边，兴致勃勃地低声追问起细节，"我怎么忘记了他们六人可是一大助力，那我该如何让他们加入？"

周夙无可奈何叹息一声。

低沉浑厚的嗓音透过棺材板钻进她的耳朵里——

"以利诱之……"

言笑笑一边听一边不断点头，犹如小鸡啄米。

周夙传授完方法，她眼睛一亮，已然胸有成竹，立即驾着马车兴冲冲地赶上前车。

望了眼四周，见四下无人关注，言笑笑朝着一众扶灵哭丧人神秘兮兮地低声道："诸位，想不想发笔横财？"

果然，扶灵哭丧人闻声无不支棱起耳朵纷纷侧目，瞧她眉飞色舞的模样，有些不可置信，踟蹰问："你说什么？"

鱼儿上钩。

言笑笑一打手势示意他们进巷子里仔细说道。

六人将信将疑把言笑笑围堵在深巷，赵老二再也按捺不住好奇心率先开口："发什么横财？你个穷仙姑还能有买卖？"

言笑笑面对质疑不疾不徐再抛出鱼饵："本仙姑平日里不做

买卖，一旦做了都是大买卖！"

棺材里的周夙听着她在外面神秘兮兮地和众人吹牛，忍不住轻笑。

他以前怎么没发现这小姑娘这么有意思？

马彪适时开了口："别卖关子，说吧。"

她的下巴一扬，眼神追着龙船步辇而去，众人顺着她的眼神望去，只听到她胸有成竹地自信道："瞧见那倾国倾城的龙女没？你们说，她若是入了京城万花楼，哪还有花魁什么事？"

"好家伙！我倒是看错你了！没想到你竟是这种人，脑子里琢磨的竟是些伤天害理的事！"

面对赵老二的鄙夷，言笑笑脸红气不喘，继续忽悠："我怎么就伤天害理了？我这是救人于水火。"

"你这是救人？万花楼是什么地方，龙女即便出了这个泥坑，也是再跳进另外一个泥坑。"

"呵！我这最多是个泥坑，她现在身处的是深渊。"

赵老二险些一噎："你这话倒是没错。"

见赵老二已经明显有些动摇，言笑笑再接再厉："救她那是要豁出性命，我与她非亲非故，不是为了发财，谁还会冒这么大险来救人？"

马彪轻咳一声制止了赵老二的后话："仙姑说的话没错，带龙女入京相当于顺路发了笔横财，这笔买卖也不是不能做。"

得到马彪认可，言笑笑最后再抛出惊雷："那是！以龙女的姿容，卖入京城万花楼最少值上千两白银。"

一众人被这个数字震得七荤八素："上……上千两白银！窑子里的鸨母都那么阔绰？"

"那可是京城,多少达官贵人的销金窝,鸨母都被养得白胖白胖,一看你们就没见过世面。"

明明是斩钉截铁的话,马彪却听出了一丝蹊跷:"你一个未出阁的姑娘,既没出过远门,又没逛过窑子,懂什么销金窝?还敢跟老子大言不惭吹捧龙女值上千两白银?"

"我……我在书上见过,那些达官贵人为了花魁一掷千金。"

眼瞅着众人投来质疑的眼神,她的话锋一转,使起激将法:"看着我作甚?这棺材里躺的小白脸尸体都值三百两银子,龙女一个大活人,怎就不值一千两白银?

"怎么,我听马老大这话是不愿参加?那敢情好,少了一个人分一杯羹。"

"谁说老子不参加了?"落下这话,后知后觉的马彪亦发现自己入了套,奈何面对横财,是人都难以拒绝诱惑,一时间他竟骑虎难下。

一众扶灵哭丧人挣扎道:"马老大,您堕落了。"

轻咳一声的马彪立时想出一个两全的法子:"别急!假如顺利救下龙女,可以要求她支付咱们等同的酬金,或者少一点也行,这样也不算坏了规矩,并非一定要将人卖入万花楼。"

众人一拍手直叫好:"有道理!就这么办!"

虽然劝解的过程曲折了些,但是按照官爷的计策,鱼儿总算顺利入网。

言笑笑终于舒了口气,现下只望能够顺利将人救出。

悠长的巷子里时不时拂过阵阵凉风,一盏茶的工夫过去了,众扶灵哭丧人七嘴八舌交换诸多方案,仍旧想不出一个万全之策,好半晌还在纠结如何劫人,马彪道:"龙女一般傍晚的时候被丢进海里，所以我们要赶在献祭前将人救出。不如这样，到时候在现场制造点乱子，我们弟兄几个再进去把龙女救出来，等他们反应过来的时候我们已经跑远了。"

"龙船外围全是龙王信徒，咱们轻易进不去，制造混乱强行入内的话，就怕抵挡不住追兵。"有人反驳道。

"对！谁殿后都不安全，被擒下必定死路一条！那群龙王信徒都是疯子，一人一脚能把人踩死。"

"那你们说怎么办？"

马老大的提议被众人否决，颇有些不服气。听到他的诘问，众人纷纷别开目光直摇头。

每个人在心底直犯嘀咕，平日里若是脑子够灵光，他们还用做扶灵哭丧的苦力活？早做师爷去了！

正欲唱大戏的言笑笑当众哭丧人绞尽脑汁始终不得其入时，终于等到了亮出绝活的时机，她轻咳一声，吸引了众人的目光后，故作高深道："我有一计应当可行。"

众人瞬间用期待的眼神望着她。

"你们附耳过来……"

众人支棱起耳朵听着她的计谋，时不时点点头，最后无不面露惊讶之色，马彪更是警惕戒备道："老子怎么看你像是早有预谋？"

言笑笑额际上浸出冷汗，故作镇定，笑吟吟反驳："怎么会？我连龙王祭的日子都不知晓，还早有预谋？老大不相信我是临时起意，总不能说淮山县还是我定的目的地？"

这话的逻辑没有问题，可马彪硬是不由自主产生了盖不配锅的荒谬感："仙姑这话挑不出错处，只是如此缜密的计谋不似出自你之手。"

言笑笑有些心虚，但仍装作十分生气的样子，板起脸来："本仙姑怎么就想不出周密的计策？"

蓦然参毛变脸的言笑笑气势迫人，马彪突然觉得是自己多心了："咳，是，是！就当是你想的。行了，大伙各自去准备准备，半个时辰后原地集合。"

众扶灵哭丧人纷纷散尽，少顷，寂寥的深巷再无人声。

几声似有若无的闷笑从棺材板下传来，如此骇人的场景言笑笑却丝毫不惧，一把推开棺材板，凶巴巴地问："你笑什么？"

娇俏的鹅蛋脸上染了些许愠怒，柳眉高高挑起，一副恨不得随时扑进棺材里咬他一口的样子。周夙坐起身，掩嘴轻咳两声，故作从容："本官不小心呛着了。"

傻子也听得出这番敷衍的话，言笑笑狠狠瞪了他一眼："你说谎！"

周夙忍不住挑眉笑了，眼中尽是揶揄的笑意。他靠近言笑笑，打趣道："本仙姑怎么就想不出这周密的计策？我也想问，怎么就想不出呢，嗯？仙姑？"

言笑笑一愣，默不作声地移开目光，红晕却悄悄地爬上了她的双颊："我……我自然是比不得你，毕竟本姑娘可没逛过什么窑子。"

这是哪儿跟哪儿？

周夙很是错愕："什么意思？"

"官爷没逛过窑子，怎知花魁值千金？难不成同我一样是看话本子学会的？"

"本，本官……"

总不能同她解释自己身边有许多攥不走的纨绔子弟？

那不是越描越黑？

周凤不用想也知道，她现在心底想的一定是自己同那些登徒子一样，不务正业还好色。

一个善辩之人突然一时结巴，那除了被戳中真相，无法辩驳，还能有何缘由？

言笑笑断言："不用解释，我懂！"

"你懂什么？！"

"窈窕淑女，君子好逑！"

周凤被自己将了一军，气得说不出话来。

这场景落在言笑笑眼里便成了羞愧难当，善良的言笑笑安慰道："官爷放心，我这人口风最紧，决然不会向您未来的夫人打小报告，破坏人姻缘这种事要被驴踢的。

"当然，官爷同侯玖屏千金成婚那事我也一定会守口如瓶！"

提到冥婚的事周凤气得咬牙切齿，冷哼一声，拂袖背过身去，拒绝继续交流。

眼瞅着棺材板严丝合缝盖回原处，言笑笑再迟钝也看得出官爷生气了，顺了口气方才重新敲响棺材板，语调平缓劝解道："您一个大男人，宰相肚子能撑船，之前的事就算了，我欠您一次再帮您一次，咱们这是一比一平手，将来谁也不欠谁的。"

寂寥的深巷里仍不见回应，她装作颇为无奈地叹了口气："真是个被惯坏的公子哥，一点也不懂得怜香惜玉。算了，谁让我是老好人，不与您计较。"

说罢，她费劲地推开棺材板一角，将早已准备好的一小包点心放入棺材里："这是我在茶肆买的杏仁糖酥饼，我吃着味道还不错，您且尝尝吧。"

说是让他品尝味道，周凤何尝不知言笑笑这是在给他台阶下。

他练的龟息大法，基本上不需要进食也可以撑过多日，而他贵为天家皇子，天下什么山珍海味他没有尝过？如今鼻息间传来糖糕的味道，明明闻上去十分普通，并没有什么特殊之处，更是比不上宫里御膳房端上来的上等糕点，却不知为何仍令他食指大动。

借着棺材板孔隙间透过的点点日光，周凤轻轻拨开油纸，入目即是桂花糕、百果蜜糕、鸳鸯马蹄糕……

许是怕他口味挑剔吃不习惯，她特意挑选了好几种拇指大小的样式，咸、甜、酥、脆，诸多口味俱全。

周凤捻起一块桂花糕，有些嫌弃地闻了闻，嘴角却禁不住微微扬起。正当他品尝桂花糕时，棺材板被人一把掀开，眼前蓦然一亮。

暖洋洋的日头高挂苍穹，那抹宛若玉盘的鹅蛋脸露出半张，少女正扒着棺材边徐徐探出整颗脑袋，笑意盎然地追问他："好吃吧？"

周凤细嚼慢咽地将口中的糕点咽下后，故作矜持地点评道："一般。"

这评价听起来真是言不由衷！

言笑笑双手一直神神秘秘地背在身后，闻言，立即掏出早已备好的鸡腿，献宝似的捧到他面前："坐起来吃吧，我替你望风。

"都说美人在骨，若是将你这副好皮囊饿得脱了相，那可真是我的罪过。"

周夙有些哭笑不得，他怎么也未料到，活了二十七载春秋，他居然会被人当着他的面调戏色相，更何况还是个女子。

两日来，周夙没有一刻不是精神紧绷的状态，生在帝王家，他早已习惯了这种刀尖舔血的日子，没想到居然还会有人担心他填不饱肚子。

本来还想继续绷着脸，但笑意已然荡漾开来，他轻咳一声，单手握拳放在嘴边掩盖了一下上扬的嘴角。然而当他看向面前令人食欲大开的肥美鸡腿，却本能地僵直了身体，不知从何下手。

这么好吃的鸡腿，干瞪眼是什么意思？

言笑笑原不理解，沉默着仔细端详起他，恍惚间又明悟。

官爷自称毫无阶品，奈何浑身上下并未沾染市井中的那股穷酸味，初次相见时他着了件素雅平滑的宝蓝色绸料，衣料裁剪得体，上面绣着繁复墨竹，每每举手投足间尽显贵族门阀里常年规整的严明，与生俱来的气势早已融入骨血里，岂是俗人可以仿效。

想来他经年累月受仪态熏陶，一时半会儿手抓鸡腿的吃法无所适从。

心底已经明了。言笑笑没有多言半句，默默从袖中取出一块手绢包裹住鸡腿再递给他，笑了笑："干净的，快吃吧。"

那抹明晃晃的笑容好似三月的迎春。

绢布剪裁的方巾，隐约透着皂角香气，周夙的心跳陡然快了几分。

许是太久没进食了，普通的鸡腿也尝出了珍馐之味，仿佛还带着丝丝甜意。

三盏茶的工夫,准备充足的扶灵哭丧人陆续返回巷子里,打算将棺材安置城内一处荒败院子里,他们聚在一块商量了好一会儿,方才按照原计划各自行事,再次四散开来。

最后离去的言笑笑正欲翻身上马,周凤忽然掀开棺材板,朝她的怀里抛掷一物:"带上这个。"

漆黑如墨的狼毫准确无误落在她的手心,精致笔管上刻绘了六朵栩栩如生的梅花,虽然言笑笑不善丹青,却也晓得这支狼毫颇为贵重,甚是不解追问:"给我支笔作甚?"

"这是暗器,可防身。形似狼毫,实则叫梅花袖箭,笔杆中装有六支淬了麻药的铜针,第三朵梅花蕊中安装了扣板,只需推动机关,即可连续发射六次铜针。每支铜针威力巨大令人防不胜防,中者即刻昏迷不醒。"

言笑笑十分震惊,不敢相信道:"就这小玩意儿能救我六条命?"

"可以这么说。"

"真是个宝贝!难怪你贴身带着。"

她将狼毫翻来覆去仔细查探,果然在笔管上的第三朵梅花蕊中发现暗藏的玄机:"这般精巧的玩意儿你怎会有?"

话音刚落,她又觉得自己嘴快多言问了不该问的事,连忙岔开话题表示感谢:"官爷如此待我,真是令我感动至极。"

只见那宛若鹯水般的秋瞳里丝毫不见矜持,殷红的唇瓣一张一合间尽显鲜妍,周凤眼底晦暗不明的情感一闪而逝,快得连他自己都未觉察。他迅速撇过脸,不自然地说:"本官是怕你交待在那里,没人送我入京。"

"我懂!您就是刀子嘴豆腐心,我去去就回,一定不让您久等！"不容周夙辩驳，那抹俏丽的艳色已然驰骋在密林中。

周夙久久凝望着渐渐消失在视线里的倩影，不由自主地轻叹了口气。

芳草萋萋随风摇曳，周夙手撑着棺材板，轻松地翻身落地，从靠枕中取出信号弹，对准天空发射，"砰"的一声闷响，苍穹中顿时绽放绚烂的烟火，流光溢彩的景致丝毫没有调动他的心绪，反倒愁云尽染。

与暗卫失去联系多时，不知他们能否看见途中留下的暗号以及这通烟火？

泊在码头边的红楼画舫里琴声悠扬，婉转回肠。

隔着雕花窗，江子衿凝望着倚在简榻上听曲儿的司安，最新密报捏在她手心里，她却有些踌躇不前，沉默良久，正欲离开时，突然听见里头传来淡淡一声吩咐："进来。"

她刚迈过门槛，面容凝重，缓缓道："派去的人马追踪拐卖言姑娘的扶灵哭丧人时忽然断了线索，许是那群人觉察到了什么，临时改变了行径路线。"

骤然间司安的眸色转冷，握在手心的茶盏蓦地碎成粉末，乐曲声骤然终止，乐伶连忙颤抖着乌泱泱跪成一片。

司安铁青着脸，胸腔不断起伏，冷声问："所以人现在不知所终？"

江子衿支支吾吾，不敢明说，见司安投来冷凛的目光，不自主别过脸小声续道："他们在淮山县的龙王祭中，打听到了言姑娘佩戴的镂雕芙蓉玉佩的下落。"

司安闻言，脸色稍有好转。那双潋滟的桃花眼，此刻透着三分迷醉,他喃喃道:"龙王祭?"

见他拧眉疑惑,江子衿不敢藏掖,如实说:"以子衿推断,应是扶灵哭丧人将言姑娘就近发卖,她才会辗转流落成了祭祀大典的龙女。"

江子衿说到这里突然见司安笑了,颊上染了几分暖色,他极轻地合上眼睑,叹息道:"这次我要亲自去接她回家。"

"教主大人要去淮山县?"

司安没有回答,可江子衿知晓没有人能够阻拦他的决定。

三年一度的龙王祭设在入海口,庆典持续了整整一日,此时此刻欢天喜地的龙王信徒们正载歌载舞进行最后的狂欢,他们将朝拜东海,待祭司大人宣布吉时已到,侍从们将迅速至龙船中扛起步辇,让端坐其上的龙女顺着潮水的指引回归龙王怀抱。

此起彼伏间伏跪一地的龙王信徒们伴随鼓乐声虔诚鸣唱起《祭龙神》。

风卷海沙扬满天,浪击礁石声似鼓,轻薄的纱帘拂过龙女的面颊,将浑噩的她自迷惘中唤醒。

王娇捂着剧烈疼痛的额际,迟迟缓不回神,好半晌仍置身事外似的瞅着乌泱泱叩拜的人群。

这些都是什么人?

嘴里念叨着什么?

霎时,身着黑衣脸戴龙头面具的祭司大人宣读祭文的嗓音戛然而止:"伟大的龙王,您的臣民已向您奉上新任龙女,并献上一千贯钱以及牛、羊、鸡等诸多牲口供您享用,祈求龙王庇佑您的臣民风调雨顺,五谷丰登!"

龙王信徒们再叩首无不齐声欢呼："求龙王庇佑吾等风调雨顺，五谷丰登！"

蓦然王娇觉得浑身一个激灵，人也彻底清醒过来。

她怎敢忘记，这些愚昧无知的百姓要将她献祭大海！

海风裹挟着湿漉漉的咸味充斥鼻息，她害怕极了，人为刀俎我为鱼肉，现在留下来唯有死路一条，她犹豫再三，死亡的恐惧和求生的本能让她最终下定决心，寻到一个当口便不管不顾跟跄起身。

"龙女大人，您要去哪儿！"步辇边的侍从震惊地看着王娇从轿中一跃而下，未等他们反应过来，已踉踉跄跄地朝远处跑去……

丝毫不敢停留的王娇用尽全身力气想要逃跑。

这么多年从未有一位龙女反抗，以至于龙王信徒迟迟未能反应过来，仍跪伏在地，眼睁睁看着王娇跳下祭台并朝前跑去——

"荒唐！真是荒唐！"最先回过神的祭司大人振臂高呼，怒吼声夹杂着迫切，"还不快拦下龙女！"

龙王信徒们恍然大悟匆匆站起身来："快！拦下龙女！"

乌泱泱的人群围涌而来，王娇本就娇弱，还穿着繁复的华服，顷刻间便被人一把擒住，双手背负身后押解到祭司跟前。

"你好大的胆子，胆敢违抗龙王神旨搅乱祭祀大典！"

面对祭司质问，王娇忙不迭否认："我不是龙女！我不是！你们找错人了！"

明明身前站了那么多人，却无不流露出冷漠神色，她的心瞬间坠入谷底，知道这些人根本不可能听她求情。

她狠狠一咬牙怒斥道："你们这群无知信徒，以献祭为名，实则就是杀人！我父亲乃朝廷命官，今日我若是死在这里，你们也都别想好过！"

王娇狠狠地瞪着周围一圈围观百姓，她的嗓音透着凄厉："你们这些看戏的，谁人没有子女父母，你们眼睁睁看着我去送死，冷了血助纣为虐！"

此话一出，围观百姓们果然眼神闪躲，纷纷退却不敢面对。

眼瞅着王娇不老实，轻哼一声的祭司大人扫了眼侍从，"啪"的一声，立时有人甩了她一个大耳刮子。

王娇被打蒙了，一时连哭都忘记。

他们，他们怎么敢打她？

从小到大，谁敢动她一根手指头！

手脚麻利的侍从用布条塞满她的嘴，以免她再次口不择言。

祭司大手一挥，冷凛吩咐："满口胡言，你是龙王大人选中之人，应该感到荣幸之至，以你的虔诚用尽余生，不遗余力侍奉在龙王大人身侧。"

祭司突然展开双臂，仿若要拥抱大海，他蓦然高呼，朝着一众信徒大声质问："听见大海的咆哮声了吗？那是龙王大人在震怒！

"你们都忘记了当年龙王大人发怒后不再降雨的日子？颗粒无收，饿殍遍野，瘟疫横行！倘若龙女不入海，那副惨状将成为现实显现在我们面前！"

也不知道人群中谁振臂呼应："请龙女入海！"

话音刚落，立时就有龙王信徒响应道："请龙女入海！"

热切洪亮的嗓音此起彼伏，响彻整个海湾："请龙女入海！请龙女入海！"

祭司大人愤然甩袖，回首横了她一眼，厉声道："容不得你说'不'字！来人，把她押回步辇中，准备行龙女归海礼！"

"唔唔……"王娇闷声嘶哑低吟了两声，却似无助的幼子淹没在人声鼎沸中，泪水悄然滑落眼角。

谁能救救她？

她不想死。

霎时，一匹威武彪悍的白马从天而降，长鬃飞扬，英姿勃发，众人一时竟看呆了。

马彪拉着缰绳面容冷肃，转头不经意地瞥过站在原地的王娇，人在濒临绝望时，倘若有人能够施以援手，那人必将会被深深烙印在脑海中。

龙女仰着头，虽不能言语，一双美目中却写满了敬仰和祈求。

马彪愣了一瞬，连忙移开眼神。

趁乱不备的白马深入人群，回过神来的马彪大刀一扫，赶走四周侍卫，俯下身将王娇揽腰入怀横在马背，随后麻利点燃引线，伴随着"砰砰砰"数声爆炸，一束束扎成炮筒状的烟花冲射在龙王信徒身上，炸裂开绚烂的花朵，其中不凡武艺卓绝者，竟一时间也抵挡不住烟花的冲击力，浓烟滚滚中已是哀号连连，四散开来。

这一切发生在电光石火间，马彪以迅雷不及掩耳之势劫走仍然没回过神的王娇，头也不回朝着密林奔袭而去。

追随在后的一众扶灵哭丧人伺机而动，点燃炮筒状的烟花朝着拦截者冲射。

见过大世面的侍卫们亦被此情此景震慑，头一回见到有人扛着爆竹劫人，这……这真是闻所未闻。

却生生在他们眼前上演！

王娇伏在马背上，被颠簸得胃里一阵翻涌。她瞧着眼前骤然发生的惊变，心悸之余却莫名地心动不已。

明明救她的男人生得一副五大三粗的粗犷模样，可是胆识、果决、心智皆是她从未见过的。

每次在马背上颠簸将要坠地时，皆被对方扶稳身形，王娇低下头，不免有些不好意思，同时又莫名觉得心安。

王娇任由马彪扛着逃出密林深入街巷，直至再也看不见穷追不舍的侍卫，他才夹紧马肚勒住缰绳："吁——慢点，等老子扶你下马。"

腿软身子骨虚浮的王娇一个踉跄没站稳，险些栽倒在地，还是他眼疾手快将人扶回原处："没事吧？"

王娇缓缓抬眸，对上马彪的视线，迤迤然行了一礼："小女子多谢公子救命之恩。"

如此近距离对视，马彪瞅着面前龙女，白净如瓷却又梨花带雨，眼见她嘴角有些许污迹，他竟鬼使神差地翻出个帕子欲要替她拭去。

见她如此有礼，糙汉如马彪也禁不住连荤词都不敢再说半字，慌慌张张辩解："我……我不是什么公子，我姓马，单名一个彪字。"

王娇有些羞涩看向他，嘴角泛着温和的笑意。

马彪平日里少有近距离接触美人的机会，现下只对视她这一眼，饶是糙汉，也掩饰不住温柔蜜意，就这么赤裸裸注视着她。

这般直白的注视，终让王娇堪堪忍受不住，羞涩地垂下了眼睫。

"砰"的一声巨响，五颜六色的火花蹿上天际瞬间炸裂，绽放出流光溢彩的景致，静谧的时光总是流逝得极快，仿若苍穹中绚烂多姿的烟花，唯残余下点点星火，终将湮灭。

"哇！这是哪个大户人家府中有了喜事？青天白日里竟燃起烟火。"

"莫不是生了贵子？"

"指不定是讨心上人欢心。"

"那不能，讨姑娘欢心一定是在朗朗夜色下，岂能顶着日头？"

"人家公子哥有钱，大方！想什么时辰燃放就什么时辰燃放，讨姑娘欢心谁说就要夜里？"

"有道理！这烟花漫天，少说得有好几贯钱吧？那可值我们家一年的开销。"

"我们沾到光就行。"

正观赏天女散花的王娇听见周遭议论，蓦然忆起前一刻性命不保，现下劫后余生，还能有闲情欣赏祭祀大典上燃放的烟花，心底越发感激。

巷子外突然传来一声吆喝："马老大！"

眼角余光匆匆瞥见杂乱的脚步，马彪连忙将王娇推进深巷内的一间荒败院落，嘱咐道："姑娘穿的这身太扎眼，等候在院子里的仙姑替你备好了衣裳，姑娘随她去吧。"

王娇点了点头，然而她前脚迈过门槛，身后霎时蹿出一抹黑影，捂住她的嘴，将其拽进里屋。

王娇大惊失色，正欲大声喊"救命"，耳边忽然传来一道低低的女声："娇娇，别怕！是我，言笑笑。"

言笑笑？

笑笑！

王娇仓皇回首，见到那张熟悉面容，愣了一瞬后，立即喜笑颜开。

当年匆匆一别，没想到竟还有重逢日。她用力地抱住了言笑笑，激动万分："笑笑！"

言笑笑同样激动不已，眼里还泛着微微的泪花。

当日一别已有八载，没想到日后还能再相见。

一路紧张地逃亡，王娇不敢放声大哭，如今得见故人，紧绷的神经乍一放松，她再也控制不住情绪，两人抱在一起哭作一团。

好半晌，王娇拭去眼角的泪水，哽咽道："对了，你怎么在这儿？"

言笑笑小心翼翼地瞄了一眼院外的马彪，言简意赅地快速解释道："当初我为了讨口饭吃，迫不得已扶灵哭丧，这才入了马老大的队伍。"

她的这番举动落在王娇眼底，仿若是在窥视意中人，王娇犹豫了一下，还是选择开门见山："马老大？你……难道对彪哥朝夕相处生了情愫？"

顿了顿，王娇忽然大胆猜测："彪哥莫不是你的意中人？"

"情愫？意中人？"

彪，彪哥？

天大的笑话！

言笑笑被这般石破天惊的荒唐之言雷得半晌说不出话来，她有些哭笑不得："你怎么会产生这般荒诞的想法？我与他沟通有碍！"

"是吗？那就好。"得到否定的答案，王娇彻底舒了口气，心底不免泛起一丝窃喜。

觉察出这话透着股酸甜味，言笑笑有些憬然，却又不确定，于是索性不管，转而和王娇说起哭丧人偷龙转凤配冥婚尸体一事。哪想到王娇听完不惊反喜，末了还称颂一番："彪哥真是太有才了！竟能想出这般奇特的法子来惩治奸商侯玖屏，真是为民除害！"

言笑笑彻底惊呆了。

"不，不是！我们应该小心警惕这群扶灵哭丧人才对，他们心术不正。"

不识人间险恶的王娇歪着脑袋琢磨了好一会儿，仍没能领会这句话的意思，反倒安抚起言笑笑："你放心，我观察过彪哥的眼睛，他是个正直的人，一定不是你想的那种坏人！

"再则，他是我的救命恩人，我感谢他都来不及，怎还怀疑他人品呢？"

言笑笑禁不住嘴角抽搐，险些哑口无言，好半晌，迟迟说不出话。

不就短暂相处了半日，王娇就这么相信马彪是个好人？

这些年过去了，王娇果然如往昔一般，仍是温室里的花朵，对谁都不设防。

见言笑笑不言不语，满脸写着怀疑，王娇急了："彪哥能想出利用烟花趁乱救我，足以见得他智勇双全，英雄不论出处，我相信总有一天彪哥能堪大任！"

言笑笑终于听明白她的这番话，原来在她心目中已对马彪这个救命恩人颇具好感。

为了不让这朵娇花越陷越深，将来付出惨重代价，言笑笑免不了苦口婆心劝解："这不过是你遐想的结果，实际马彪的动机只有他自己清楚，何况烟火的法子也不是马彪想出来的。"

"这计策不是彪哥想的，那是谁出的主意？"

言笑笑一时语噎，支支吾吾好半晌，她总不能把周凤供出来，于是只好说是众人齐心协力的结果。听到这儿，王娇更是毫不犹豫赞扬："那也是彪哥执行得好！再则，推断彪哥是坏人，不也是你遐想的结果？"

言笑笑扶额叹息一声，竟被堵得无话可说，她终于理解"情人眼里出西施"这话是什么意思了。

王娇凝望着马彪背影，眼眸里仿若闪着星光。

看着她那毫不掩饰的眼神，言笑笑莫名忆起先才与官爷说的那番话，当真是一语成谶。

救命之恩无以报答，直叫人以身相许，只是王娇许错了对象。

从天而降，拯救她于危难的马彪已然成为了她心目中的英雄，她若知晓英雄的初衷是要将她卖入窑子里，该作何感想？

虽然是自己情急之下编的理由，却是马彪愿意出手的真实动机。时间紧迫，多说无益，言笑笑想只好路上再慢慢开解她了。

"你快换衣裳，我们要即刻出城。"

"好！"

待她捧着衣服入了内宅，言笑笑赶忙跑到院子里停放在树头后的棺材，"咚咚咚"地轻敲三下棺材板，迫切地低声问道："官爷，您可有办法阻止娇娇爱慕马彪？"

周凤躺在棺材里，把刚才的对话听了个清楚明白，他冷哼一声，戏谑道："言姑娘从哪儿结交的这种傻白花？"

呵！果然不该轻易请教他！

他每每轻描淡写说出口的话，总是要么把她怒火勾起，要么噎得她一个字也说不出来。

"娇娇不傻！只是心地单纯。她对我有恩，是我的朋友，即使是官爷您出的主意救了她，我也不许您说她的坏话！"

周凤凤眸微抬，看着眼前黑漆漆的棺材板。明明看不见她的神色，脑海中却自然而然刻绘出这只小刺猬倒立针尖蓄势待发的模样，仿佛即刻就要张牙舞爪。

他不免觉得好笑："本官只是陈述事实。你情我愿的事，何须你一介外人多管闲事？"

"我怎么觉得是官爷您在吃醋。"

"本官吃醋？"

"醋主意是你出，但王姑娘想要以身相许的是马彪。"言笑笑挑高眉梢，她不退反进，反倒戏谑起他来。

笑话！本王什么样的美人没见过，会为了一个市井女子跟莽夫吃醋？周凤觉得这个猜想简直是对自己身份的侮辱，无奈现在又不能挑明身份，只能独自在黑暗中生气。

"言笑笑。"周凤黑下脸，"你还想不想让我帮你救人了？"

不愧是官场中人，一句话就拿捏她的软肋。

言笑笑眼珠子滴溜溜一转，一把掀开棺材板，嘴角挂起一个甜甜的笑，讨好道："您大人不记小人过，宰相肚子里能撑船，同我这等下九流置气，小心气坏金贵的身子。"

周凤不想理她，合上眼一言不发，一副拒绝沟通的态度。

言笑笑忙探出脑袋，刻意在他面前晃悠刷存在感，嘴里不忘哄着这位爱使小性子的祖宗："官爷？官爷？官爷！"

明明他此刻并不想理会她，免得日后她又蹬鼻子上脸。奈何日光照在眼皮上，一道模糊的倩影不断在眼帘闪动，他隐隐约约还能听见她发髻上的流苏随着摇晃碰撞出"叮咚"响的声音。

他在心里默叹一口气，睁开眼眸，正正对视上那抹不识矜持的笑靥，鲜妍，明亮，宛若日丽中天，竟让他一时无法移开眼。

他活了二十七载，还没见过哪个女子似她这般，敢在他面前一再放肆，可他此刻就是拿她没有办法。他又气又好笑地轻挑起眉梢："叫魂呢！小心将闲人招来。"

见他终于理会自己了，言笑笑不免喜形于色："我就知道官爷人美心善！"

人美心善？

这调戏他的形容词分明是故意为之。

周夙假装没听到这四个字，不愿与她继续拌嘴，转而直言道："言姑娘并非月老，少牵红线。"

言笑笑听了，心里明白他的意思，犹豫了一下，还是颇有些不服气地咕哝："我就是觉得马彪配不上似天仙般的娇娇，门不当户不对不说，学问、性子、喜好，均没有共同话题……"

"何为般配？所谓门户一说，不过是庸俗的世俗之见罢了。马彪好与不好，那是王娇的选择与眼光，不是言姑娘的。"

言笑笑被他说得哑口无言，仔细思量又觉得这番话不无道理，情爱之事，旁人何以插嘴，于是柔顺地"哦"了一声："我知晓了。"

好半晌，言笑笑瞧见换完衣服的王娇面戴薄纱，迤迤然从里屋缓步而出。言笑笑上前，还未将其扶上板车，只听院门外的马彪突然高声道："姑娘你到这边坐，那棺材晦气，仙姑命硬，她一人足以镇压棺材里的凶物。"

听闻这话,言笑笑的嘴角瞬间抽搐了。

难怪扶灵哭丧人恨不得离棺材远远的,合着是诓她日夜相伴"诈尸"的官爷!

"凶物?"王娇不明所以,回首瞧了眼棺材,有些担心地望着言笑笑,见她摇头直说无碍,反倒催促自己去马彪的车上,便顺从地未再多言。

两车相会,外加赵老二,一众哭丧人骑的五匹骏马,正欲重新启程入京,马彪突然从怀里取出一个荷包抛掷向言笑笑:"老子最讲义气,既然共患过难,那便是我马彪的弟兄。

"这是赵老二在祭祀大典上顺的贡钱,老子想着你一个姑娘家不好携带,所以将你那份一百四十贯钱折算成了银子,另外还有从崔媒婆身上搜刮后平分的五十两银子,如今都一并给你,仙姑可揣好了。"

顺利救下恩人,还发了笔横财,这着实令言笑笑始料未及,她捧着沉甸甸的荷包又惊又喜。

这可是一百九十两银子!

她这辈子都没摸过这么多银子!

骑在马背上的赵老二禁不住嬉笑,拍了拍她的肩膀,声如洪钟:"好兄弟!赶紧照照镜子,瞧你那震惊的模样,没见过世面。"

言笑笑顺势抖掉他的手,不甘示弱地回嘴:"谁与你是兄弟!本姑娘貌美如花!"

"是!是!是仙姑!"

马彪大手一挥,招呼道:"走!启程。"

第三章

共眠

入夜的荒山已是万籁俱寂，偶闻蛐蛐在草丛中鸣叫，空气里弥漫着一股阴湿的气息，狂风乍起，悬挂棺材上的灯笼忽明忽暗，"啪"的一声，烛火突然湮灭，言笑笑勒紧缰绳，放缓脚程，抬眸仰望苍穹，只见天边滚滚云海如排山倒海一般涌来，霎时漫天。

不知为何她的心底弥漫出一抹不安，仿若今晚注定是个不眠夜，不祥的预兆终将成为现实。

马车还未驶进狭长的一线天，周夙突然小声勒令："停车！"

"欸？"

眼瞅着漆黑狭长的甬道，不见丝毫亮光，似寂寥无边的苍穹，随时要将人淹没其中。

言笑笑顺势勒紧缰绳，她不禁咽了咽口水，马儿发出"吁"的一声，踱起小碎步。她面上神色不变，小声问："怎么了？"

"现下到哪儿了？"

周夙的语气里透着一丝凝重和谨慎，言笑笑不敢耽搁，立刻应答："前面百米外是一线天。"

周夙一言不发，闭目聆听，放出气息来仔细感受每一处陡峭山壁。

四周静谧无声，未闻翎雀振翅或虫声蛙鸣，周夙警觉地睁开眼，冷凛吩咐："掉头！"

言笑笑有些怀疑自己的耳朵："什么？"

他毫不犹豫一声呵斥："走！"

言笑笑虽仍不理解，但出于她自己都没意识到的对周夙的莫名信任，她立即勒紧缰绳，调转马头。

前车的马彪听到声响，愕然回首，瞧见言笑笑驱马返回，尚且来不及问一句发生何事了，只听到沉闷的脚步声蓦然在甬道内响起，由远渐近。不一会儿，一名握着长剑的马匪从里头奔袭出来，皎洁的月色倾泻下的冷光反射在剑刃上，透着肃杀之气。

一直躲在峭壁上准备伏击的马匪头子，飞掷出手中长剑，振臂高呼："取马，取马！"

马彪身手敏捷，将迎面而来的剑身格挡开，顾不上不断震动发出嗡鸣声的长剑，招呼道："快跑！是马匪！"

周夙的猜测是正确的，一线天适合伏击，围杀！

言笑笑禁不住腿软发虚，还未庆幸跑得快，一看乌泱泱涌出一线天的马匪，冷汗瞬间浸透里衣。

她频频回眸，瞧见那群马匪一个个生得五大三粗，单凭一人不费吹灰之力即可拿下她这手无缚鸡之力的弱女子，不免心惊肉跳，急问："官爷，怎么办？我们又不是商户，这群马匪劫持我们根本无利可图呀！"

周凤瞧不见人，也不知马匪身量如何，更不敢确定这群劫掠者的真实目的，骨节分明的手指无意识紧握："对方多少人？"

"黑漆漆的数不清，少说几十号人。"

瞬息的工夫，周凤已经分析完时局，倘若是史贵妃派来刺杀他的好手，马彪一众应被蓄势待发的箭矢射成马蜂窝，岂有逃跑的机会。

这些马匪既然不为财，那便是拿钱办事。

无妨，试一试即知。周凤转念便对着言笑笑道："西行恐会遇见追讨龙女的人，言姑娘可驱马往东，暂且与马彪分开逃跑。"

她满是惊讶不可置信："什么？我……我独自一人怎能从马匪手中逃脱？"

周凤失笑："无妨，我自是会与你一道。"

言笑笑瞬间眼睛一亮："对哦！还有官爷您！您一定很厉害吧！能以一敌几十？"

"本官见不得光，言姑娘以为呢？"

"那不等于白说！"

被泼冷水的言笑笑没敢耽搁，刚欲调转马车，却发现马彪先行一步带着王娇已然驰骋进密林深处，只抛下一句："老地方集合！"

被撂下队伍的她有苦难言，脊椎骨霎时拔凉："呜呜！重色轻友！说好的患难与共！骗子，大骗子！"

周凤顾不上安抚她的心绪，再次确认："尚有多少马匪追袭？"

"去了一大半，还剩八人。"

得到确切答案，他毫无犹疑，据实相告："这群马匪应是收钱办事，依本官推断，是侯玖屏花重金雇佣的人，欲趁乱取你们性命。"

"什么？您怎敢笃定？为何马匪不是为了娇娇而来？"

难得周凤还有闲心解释："薄暮时分你们方才出城，龙王信徒即使招来人手也是些乌合之众，马匪往日劫掠淮山县百姓，双方关系势同水火，龙王信徒联络马匪前后夹击的可能性极低。反观侯玖屏财大气粗，产业遍布临县，倒有可能联系上马匪埋伏劫杀。"

经他这般分析，言笑笑也觉得甚是有理："官爷您这般睿智，可有逃脱之法？"

他沉吟片刻，方才决断："言姑娘寻个陡峭险阻之地弃马独自逃跑……"

然而话未尽，她便匆匆打断："那您怎么办？您落入马匪之手还怎么出逃入京？被送回侯玖屏的手中，可要被活埋！"

难得这小刺猬还惦记他的安危，周凤禁不住心底一暖。

收到烟花信号的暗卫应该无须多时便会与他会合，即使落入马匪之手，对于周凤来说至多也只是麻烦些罢了。于是他真心实意宽慰她："无碍。"

言笑笑彻底急了："怎会无碍？您不是一再强调要我在明晚亥时前送您入京？一定是有十分重要需履行之事才赶着时辰抵达。"

马蹄声由远渐近，周凤已顾不上其他，催促道："事不宜迟，快走！"

她狠狠一咬牙，权衡利弊后深知留下来迟早会被马匪追上，到时还会拖官爷后腿，既无能，便该有自知之明："那好，官爷您自己多加小心！"

言笑笑心一横，果断放缓车速，她迅速跳下马车后不忘一抽马屁股，一眨眼时间，她人已窜入密林之中。

追击的一众马匪怔了怔，没想到这小娇娥竟似料到他们为了棺材而来，还玩起声东击西这一套。见状，马匪中的小头头迅速下指令："你们三人去追马车，另外五人随我一起去围堵那女子，我倒要看看，这美人有多辣！"

言笑笑步履艰难，穿梭在灌木丛中，对于逃亡来说，荆棘越多的地方越有利于隐蔽身形。

沿路上的九里香散发着清雅的芬芳，一簇簇花骨朵打着花苞早早绽放，比榕城的花期要早上些许，开得也更为娇艳，可如今却不是赏花的好时机。

言笑笑望着眼前蜿蜒曲折的密林，不免有些心焦气躁，一时竟不知何去何从。

夜晚的山风似刀刮一般凌厉，气温一点点降下来，一阵寒气从她的脚底蹿上来，身子也止不住哆嗦，言笑笑只觉头脑昏昏沉沉，眼皮也似千钧一般。

然而她却不能停留原地，必须跑得更快、更远，最好能够在马匪赶到前寻得一处藏身之所。

不然等到他们抓住她，她定会被折磨得生不如死。

奈何，老天似乎从未眷顾她，她没跑多远，就听见后方传来了马蹄声。

言笑笑慌了，心底有些发急，越急越辨不明方向。

由于跑得太急，刺骨的冷风窜进她的喉咙里，直呛得她险些岔了气。

"这边!快!"

脚步声越来越近,此刻危险逼近,言笑笑却不得不握紧手里的那只梅花袖箭,这是之前周凤给她防身的,现在变成了她唯一的依仗。

她前脚好不容易踏出密林时,后脚就悲哀地发现三名马匪站在前方出口处,面露狰狞,手里的长刀闪着骇人的银光。

言笑笑转身逃跑,却迎面撞上追袭来的马匪,五名威猛健壮的汉子分三路形成包围圈,将她围困中间,他们脸上全都挂着不怀好意的笑容,令她禁不住打了个寒战。

小头头将长刀揽过肩膀,猖狂大笑起来,残忍道:"是个美人,不枉费兄弟一番苦找。"

另一马匪更是直接凑上前来:"乖乖听话从了大爷们儿,免得多受些皮肉之苦。"

言笑笑抿紧嘴唇,面色有些苍白,审视着面前的危局,喉咙不自觉地吞咽,手里紧紧握住周凤赠予她的梅花袖箭。

"我就说这美人辣,你们还不信,瞧瞧那不服输的样子,你们说老子要如何惩罚她,才能让她知道老子的厉害?"

"老哥只管上就是了!弟兄们给你吆喝助威!"

言笑笑紧咬唇瓣,悄悄调整梅花袖箭的位置,等时机到来。

"那老哥就当仁不让了!"小头头将长刀猛插土里,搓了搓手心,露出猥琐的笑意,朝着言笑笑猛扑而去。

没想到这登徒子就这么直直地朝自己扑来,言笑笑仓皇退步再无犹疑,猛地抬起手,扣动机关,铜针"咻——"的一声破空骤发,直挺挺没入小头头的身体。

狠狠坠地的小头头前一刻还得意忘形,刹那间成了一摊软泥瘫倒在地,此景震得马匪们连退数步。

"老哥!醒醒!"

一名胆大的马匪试探着上前,拨弄了一下小头头的身体,对方却仍不见起色,他蓦地望向她,愤声道:"这娘们儿有暗器!"

另一名马匪上前,探查了一下,说:"应该无毒,只是昏死过去了。"

见状,言笑笑再不敢停留,趁马匪头目还没清醒过来,她立刻决定走为上计。

眼尖的马匪率先一步窜到她跟前,长刀一横拦住她。

言笑笑步履一滞,仓促之下再次扣动袖箭,对方却立即挥刀,将梅花袖箭一把弹飞,刀背猛地拍在她后背,力道大得足以让她跪倒在地。

他哪里想到,言笑笑眼看就要倒在地上,突然借势一滚,贴着地面堪堪躲过一劫。

她本以为突出包围圈后即可窜入密林,再次逃跑,却未料到马匪们均是劫掠的好手,一甩长鞭,末梢迸裂出噼啪声缠住她的脚腕。

伴随着"砰"的一声巨响,言笑笑跌倒在地,一时间竟动弹不得,她尚且来不及言语,一头乌黑的长发已被人狠狠拽住,使她整颗脑袋高高扬起,被迫仰望着眼前的高大身影。

"臭娘们儿,敬酒不吃吃罚酒,既然你喜欢玩硬的,咱们就陪你好好玩玩!"

言笑笑狠狠瞪着眼前的马匪,她浑身狼狈,眼底却写满了倔强,"呸!"地一口啐在马匪脸上。

"他娘的,敢吐老子口水,看老子不好好收拾你!"马匪布满厚茧的手指一把攥住她纤细的脖颈,拎小鸡仔似的将她高高提起,猛地撞在树干上。

这一撞震得言笑笑眼冒金星,她忍不住大口喘息,痛感席卷全身。

她意识逐渐模糊时,隐隐约约听见喑哑的嗓音赔笑劝解:"消消气,弄死了兄弟们可就没得玩了。"

毕竟是个娇软可口的美人,马匪手一松,将她狠狠摔在地上,摔得她七荤八素动弹不得。

看到无力的言笑笑,马匪舔舐着干涩的嘴皮,嘿嘿笑道:"小美人,哥哥来了!"

言笑笑微微睁开迷离的杏眸,颤颤巍巍眨了眨,入目即是扯落衣带的魁梧身形徐徐逼近。

冷风拂过散落的发丝,悲悯地抚慰着她的神经。

漆黑如墨的苍穹,阴霾的颜色衬着悚然的密林,恐惧终于在她的心底滋生蔓延。

她瘫在地上趁马匪不备,悄悄地握起一捧土捏在手心。

结果被马匪识破,对方攥住她的手腕,狠狠地摁在地上:"哼!臭娘们儿还不老实,跟老子玩阴的,你还嫩了点!"

言笑笑只觉圆润的下巴被一只粗糙的手粗鲁地捻起,她被迫正过脸,看着眼前的丑恶嘴脸越来越近,她眼眉一颤,泪水夺眶而出,落入发鬓之中。

她再也抑制不住心底的恐惧,颤声呐喊:"不,不要!救命!"

远处周凤听见这声惊叫,心骤然一紧,飞驰在树梢上的脚尖暗中加快了步伐。

　　悄无声息解决了三名马匪后,周凤看到了躺在地上的言笑笑,言笑笑惨兮兮的样子让周凤心猛地一跳,一股怒火迅速蹿上天灵盖。

　　他毫不犹豫准备跃下树梢,却突然眼尖地瞧见密林深处窜出一袭赫赤身影。

　　来者是个男子,对方来势汹汹,一掌击在欲行不轨的马匪颅骨上,被击中的马匪来不及反抗,瞬间倒地。

　　周凤目力极佳,可以清楚看见那一掌使得周遭的气流皆被挤压得震动,若他所料不差,瘫在地上的马匪已然当场毙命。

　　男子掌风所及,劲气破风,不费吹灰之力地解决了余下三名马匪。

　　清理完碍眼的马匪,那人回首,望了眼还没反应过来的言笑笑。

　　周凤立在树梢上,他终于看清了来者面容,一双标志性的桃花眼,即使刻意收敛锋芒,仍能窥到其中蕴藏的锐利。

　　怎么是他?

　　新任天教教主——司安。

　　天教乃卫国国教,这位前教主遗孤,当年流落民间三载,被接回天教后以纨绔、荒唐示人,众人皆以为他骄奢淫逸、游手好闲,殊不知他韬光养晦九载,暗地里培植势力,步步为营,逐渐蚕食掌教人,前不久才登上教主之位。

　　这般行事狠戾之人怎么会出现于此?

　　还破例多管起闲事?

　　言笑笑喘息了好一阵,方寻回些气力,她微扬下巴,注视着眼前的男子。

因着昏暗的夜色,她难以看清他的面容,却能从他周身散发的冷凛气息中感受到一丝疏离淡漠。

这人真奇怪,明明着了件如火焰般炙红的锦袍,性子却截然相反。

言笑笑心底虽然充满了好奇,面上却不敢逾越,见他走近,她忙端正身子行了个礼:"多谢公子救命之恩。"

司安缓缓开口,嗓音凉凉:"龙女何在?"

是来寻娇娇的?

怪不得会出现在这密林深处,还恰巧救了她。

她真是托了娇娇的福,又捡回一条命。

起先她还有些疑惑,乍一寻思便晓得其中关联。

王娇毕竟出身高贵,家里有人寻来再是正常不过,她忙据实相告:"她往西边逃了,追她的马匪少说四十余人,公子快去救她!"

司安轻蹙眉梢,望向西边的方向,呢喃低语:"竟是相反的方向。"

他未曾多言便转身离开,然而刚行几步,鬼使神差地回首看了眼仍旧跌坐在地的姑娘,脑海里无端闪过她面对马匪时临危自救时的情景。

看似娇弱,却有几分胆识和韧性。

他犹豫了一瞬,刚准备开口,言笑笑就笑着摇头:"我没事,公子快去。"

阴霾的密林偶见月华泻地,目力俱佳的他也无法瞧清凌乱发丝遮掩下的姑娘究竟生得是何模样,只能依稀看出她有双灵巧的杏眸。

　　终是无话，他旋身离去，径直奔赴西边，营救落难的笑笑。

　　站在树梢上的周夙沉默良久，他刚刚仔细观察过，言笑笑只是受了些皮外伤，看她精神也无碍，于是缓缓转身，重新朝着棺材的方向离去。

　　既然她已安全，多言无意。

　　言笑笑死里逃生，休息了好一会儿，才搀扶着树干缓缓站起身来。她拍了拍身上的尘土，拾起梅花袖箭，行至潺潺流淌的溪水边，素手鞠水大饮数口后，她抬起头，仰望着漫天的星辰。

　　也不知官爷现下如何？

　　他一具"尸体"，该如何自救离开？

　　假如他还活着的消息泄露出去，是否会危及性命？

　　不行，她还需返回去寻找官爷。

　　言笑笑沿着满天星斗指引的方向摸索着回了官道，借着康庄大道边的密林遮掩身形，难得一路上颇为顺遂，她竟在一处四面无阻的开阔地瞧见了驮着棺材的马车。

　　虽不明白为何没有马匪值守，她仍蹲在草丛里好一会儿，确定无人后方才小心翼翼摸索到马车边，迅速推开棺材板，脑袋也探了过去："官爷！"

　　周夙看着再次出现的言笑笑，心跳莫名快起来："言姑娘为何返回？"

　　"没有我，您怎么入京？"

　　她说得理所当然，叫周夙一时间竟说不出拒绝的话，他在此等待暗卫接应一事也不能明说。

　　然而不知该庆幸她顺遂到此，还是该感慨她十分倒霉，他们还未来得及驾车离去,便瞧见远处密林中树影婆娑,隐有火浪翻滚,瞧那高举火把的阵仗少说也有十余人,不时已传来马匪的叫嚣声。

"真是晦气,咱们寻了大半宿,明明马车是朝着这个方向驶来,人呢?"

"再仔细搜索,车轱辘最后留下的痕迹是这个方向,追来的弟兄也在这附近留下记号,她就一姑娘,必定跑不远。"

"欸!你们看,棺木后那个东西像不像一匹马?"

"走!去看看。"

完了,马匪又寻来了!

言笑笑只觉得脊椎骨拔凉,环顾四周,一片平坦开阔,就近连处遮挡物都寻不着。

这可如何是好?

言笑笑急急地转过脑袋,正准备跟周凤报告,忽然瞥见敞开的棺材,灵机一动,二话不说提起裙摆翻上马车,一脚跨进狭小的棺材里。

周凤眼睁睁看着一气呵成趴下,并且全身重量压在自己身上的姑娘,目瞪口呆:"你做什么?"

哪里想到她面不改色,自顾自地合上棺材板:"让一让,挤一挤,位置不够!"

随着棺材板合上,眼前蓦然漆黑一片,周凤的眼睛尚且未能适应黑暗,触觉、味觉、听觉反倒无限放大,他僵着身子,任由她严丝合缝地趴在身上。

言笑笑丝毫未有所察觉,反而动得变本加厉,只为寻个舒坦的栖身地:"这里怎么硬邦邦的,你动一动,我的脚够不着。"

"硬邦邦？"

"动一动？"

周夙紧咬后槽牙，额际上青筋显露，他一言不发，难得对她如此顺从。

"疼，头发，头发勾着了！衣裳，这里，不对，是这里！你的手放哪呢？！"

周夙极力克制之下依旧呼吸略微急促，好半晌，他终是忍无可忍，按住她不规矩的手："就那么丁点大的地，你让我怎么动？"

言笑笑一提膝盖，顺势顶到他的大腿内侧，抵到坚硬的棺材板，她才松了口气："行了，终于有落脚点。"

她是安心了，可周夙快要给她弄死。

几绺有如锦缎般的柔软发丝缠绵地滑下来，不守规矩地贴在他的脸上，直让人酥痒难耐，鼻息间萦绕着馥郁的芳香更是让他心下大乱。

突然，周夙一把搂紧她的腰肢，强行将人按进怀里，他单手撑住棺材板，快速一翻身，瞬间将她反压身下。

后背结结实实地抵着坚硬的棺材板，言笑笑噘了噘嘴，十分不满地控诉："你要压死我吗？"

周夙沉沉吸了口气，平复了下呼吸，才用着喑哑的嗓音缓缓道："你下我上。"

"我不要！你太重了！"她腾出手，使劲推搡着周夙的前胸，嘴上还争个不停。

"你是女人吗？男女授受不亲且不说，手脚还如此不规矩！"

"哈？我不规矩？你的言外之意是要控诉我在占你的便宜？要不是你我会沦落至此吗？"

说着说着，言笑笑恼羞成怒，膝盖向上一顶，拉开两人之间的距离："离我远点！你不是讲究君子风范？"

周夙紧绷臂膀，双手按在棺材底部，硬撑起整个身体强行与她拉开安全距离，才咬牙切齿道："言姑娘再敢乱动，就别怪本官不客气了。"

黑漆漆的棺材里一丝光亮也无，言笑笑看不清他的面容，耳边唯有他紧绷的声音，气势汹汹的，仿若真的要将她吞并入腹。

言笑笑瞬间怂了，小声嘤嘤："干吗那么凶。"

她一路逃亡，还差点清白不保，瞬间，委屈和后怕蓦地涌上心头。

周夙本来还想再教训她几句，却突然听见一声似有若无的啜泣抽噎，他一时心惊："你……"刚一开口，他就立马闭上了嘴。

一道上接连变故，言笑笑又在密林中历经生死，如今不顾安危，冒死回到这里，就为了来确定他的安危，守一道他本人都没放在心上的承诺。

或许，他早该意识到，眼前的人纵使平日常常竖起一身刺，内里却始终是个十几岁的小姑娘罢了。

周夙沉默地凝视着面前的姑娘。

她明明伤心至极，却倔强地将哽咽声抑在喉咙里，不愿将脆弱暴露人前，瓮声瓮气地控诉他："你就是个骗子！大骗子！我就不该来寻你！你武艺这么好，要自保绰绰有余，我瞎操哪门子闲心，还管你是死是活！"

周夙愕然。他贵为皇亲，从来只有被阿谀谄媚的份儿，又何曾被人用如此撒娇一般的语气埋怨过？

如今竟荒谬地产生了一种欺负完姑娘被骂负心汉的错觉。

他哭笑不得，安抚道："我没凶你，你别哭。"

"谁哭了？！"

被他戳穿，言笑笑瞬间又绷起一张脸，只是泪珠还挂在脸上，使得这张佯装严肃的脸显得滑稽可爱。她愤愤地说道："我不管！若被马匪发现我藏身于此就你独自应敌！我只负责躺尸！"

真是又怂又倔强。

果真是一只张牙舞爪的小刺猬。

刚要开口继续安慰她时，他突然听见窸窸窣窣的脚步声，于是迅速捂住她的嘴，目光一凛，沉声道："别说话。"

嗯……

言笑笑的声音被闷在喉咙里。

周凤紧闭凤眸，全身五感外放，反倒忽略了被压在身下的言笑笑，此时杏眸里满是控诉。

还说没凶我！

负责搜寻的十余名马匪兴匆匆集结到棺材边时，突然看见留在板车上的泥巴脚印，他们屏住呼吸，相互使了个眼色。

马匪小头头屈起手肘，撞了下身侧的跟班，挤眉弄眼动了动口型："泥土尚新，还是个女人的小脚。"

跟班瞬间领悟，露出坏笑点了点头，待小头头朝大伙挥了挥手，十来人不明所以地纷纷围上来。

伴随着"砰"的一声巨响，小头头一把掀落棺材板，待众人定睛一看，无不露出震惊神色，

"躺在棺材里的男人长得真俊。"

"比娘们儿还耐看。"

"细皮嫩肉的,生前没少祸害姑娘吧?"

"死得好,土里一埋,我又少了竞争对手。"

"欸?"

怎么是这种对话?

跟班上前探头看向棺材里,除了一具"尸体"再无其他,他仔细揉搓着湿漉漉的泥土,十分疑惑:"难道人往密林里逃了?"

"这还用得着你说,老子当然知道!"

见一众跟班大气都不敢出,马匪小头头沉沉吸了口气:"行了,跑了就跑了。正事要紧,你们同老子一道,护送棺材交予侯玖屏,以免横生枝节。"

跟班仍惦记着美人,忙不迭赔笑:"可是侯老爷子不是说,解决了那群扶灵哭丧人另有丰厚重赏?"

"呵!那侯玖屏一介富商奸猾无比,自然希望借咱们的手除掉哭丧人,可是这几座山头这么大,抓那几个小喽啰忒费劲,还未必能有结果,有这闲工夫还不如多抢几次!"

"是!是!都听老哥的。"

"走,打道回府。"

车轱辘驮着棺材,行走在崎岖坑洼的密林小道,周凤确定马匪们暂且不会打开棺材板,才撑起身体,拉开身下隐蔽的折叠薄板。言笑笑刚露出个脑袋,便大口喘息起来。

等他彻底将折叠板推高,挪出空隙,他才问了句:"你可安好?"

言笑笑平复了一下刚才因马匪靠近而狂跳不止的心脏，好一会儿才寻回点神志："你竟然早有准备？"

"嗯，总要留个后手。本官出发前命人将棺材底的实木凿空，躺尸体的隔板再垫高两寸，如此正好能够容纳一个成年人平躺其中，只是没想到给言姑娘用上了。"

"呼，还好有惊无险。"她环顾了一眼四周，借着棺材板上隐蔽孔隙中倾泻下的缕缕月光，虽看不清周遭，心底却已安定半分，"先才马匪亲口承认是收了侯玖屏给予的重金才做这等杀人的买卖，呵！瞧这奸商，听起来跟马匪是老熟人了，想必暗地里没少犯下人命官司！"

周凤的嘴角微微扬起："所以言姑娘是吃了熊心豹子胆，伙同马彪做这偷龙转凤的买卖，这回跟我一起被关在这棺材里，不知还有命活到几时？"

言笑笑登时一噎，欲言又止，想想现下处境，可不是整副身板装进棺材里，就等着抵达目的地活埋。

虽然辩不过他一张巧嘴，可是气势不能输："那有什么关系？还有您做我的垫背，黄泉路上也不寂寞。"

莫名地，"亡命鸳鸯"四字闪过周凤的脑海，他轻咳一声，低声道："言姑娘放心，本官……定会对你负责。"

负责？

他知不知道自己在说什么？

言笑笑瞬间哑了，不知如何接话，一抹红晕悄悄地爬上她的脸颊。

周凤也迅速反应过来，意识到自己的话有歧义。他刚想开口补救，就看到言笑笑耳朵和脸都红了，张开的嘴又立马闭上。

周夙移开眼睛,竟后知后觉地也感觉有些不好意思。一股别样的气氛在两人之间弥散开来。

良久,周夙清了清喉咙,故作镇定地说道:"你生气了?本官说着玩玩而已。"

"说着玩玩"四字不知怎的听起来有些刺耳,言笑笑一扯嘴角,干巴巴笑了下:"你这笑话一点都不好笑。"

她伸出手猛然推了推他的胸膛,轻哼一声:"你莫要压着我,我有些喘不过气。"

"啊?抱歉。"

闻言,周夙动了动臂膀,撑在她的脖子两侧,刚要弓起身给两人留出安全距离,言笑笑突然后背倾斜,将他整个人拽到侧首,果断把他的手臂横在自己脑袋底下当枕头垫,不容他僵硬着身体本能往回缩,后颈故意蹭了蹭他的手臂,嗤笑道:"呵,官爷该不会是害羞了吧?"

周夙板起脸,还没来得及发作,就看到言笑笑嘻嘻哈哈说道:"负责就不必了,事成后官爷多给我些银两就行。"

这话题算是揭过。周夙松了口气,心里却有些失落,虽然他也不知道自己刚刚到底在期待些什么。

言笑笑闭上眼,嘴角微微扬起,看上去心情愉悦。

转念一想,送官爷回到京城后,就没有什么理由再见面了吧。

既然注定分别,那就不要再有多余的想法,反正也是自作多情。

周夙垂下眼,看着怀中的言笑笑满是倦意,不忍扰她:"睡吧,我来守着。"

连日奔波,言笑笑早已身心疲惫,不一会儿就沉沉地睡了过去。

　　她是一觉梦黄粱，周夙却是心绪越发躁动，他凝望着怀中软玉温香，两相发丝纠缠萦绕，旖旎娇柔，仿佛随时令人沉沦。

　　他喉间一滚，意识到自己不对劲，迅速别开目光，闭上眼默念起清心诀。

　　睡得正香的言笑笑迷迷糊糊听到耳边有说话的声音，半梦半醒地呢喃一声："好吵。"抬手便堵住聒噪的来源。

　　周夙一把被她捂住了嘴。

　　凤眸微睁，里头似燃起两团火，他愣愣地张了张嘴，想要奚落她两句，却发现薄唇被软嫩的柔荑堵得严严实实。

　　竭力克制的心绪，终究如洪水一般一泻千里。

　　此刻他的脑海里唯剩下一个想法：清心诀白念了。

　　这厢钳制住她的素手将其从嘴上挪开，不情愿的言笑笑忽然侧身抬腿搭在他的身上。

　　周夙愣住了。

　　他尚且没能反应过来，言笑笑的喉咙里忽然不满地哼唧两声，娇滴滴的声音仿若绒毛拂掠，令人骨软筋酥。

　　她在他的怀里拱了拱，又寻了个更为舒适的位置蹭了蹭，终于渐且消停。

　　这是什么睡相？

　　周夙后槽牙都要咬碎了，思绪纷乱，在这样的水深火热之中，竟是半宿无眠。

　　绕过高山深涧，行过陡峭峻岭，依旧步履铿锵的马匪正朝着约定交货点进发。少顷，马车突然停了下来，马匪们纷纷下马，打算倚着树头打个小盹。

"行了,大伙原地休整,在这等侯玖屏的人。你去将那驮着棺材的马车停得远一些,晦气,大老远老子就闻到一股腥臭味。"

"对!我也闻到了,你看这满山的蚊子都被那股血腥味招来了,再将棺材停得远一些。"

"我瞧着棺材用黑狗血画了诸多符咒,总不能是因为躺在里头的玩意儿不安生吧?"

"我们这么多大老爷们儿,怕个屁!"

"呃,我就说说而已。我再将马车停得远一些,也不知道侯玖屏的人什么时候到?"

"我估计至少得天亮,现下不过亥时,还要好等。"

"甭抱怨了,等拿了银子再吃香喝辣,岂不痛快!"

"说的也是哈!"

半宿无眠的周凤侧着耳,默默聆听马匪间的闲谈,正琢磨待这些马匪熟睡的时候如何逃跑,倚在他臂膀中的人儿蓦然动了下,眼皮还未掀开,素手已然不老实地在他胸膛处上下摸索,仿若在确认什么。

迷迷糊糊的言笑笑恍惚间似乎摸到一个硬邦邦,犹如砖头的东西?

砖头怎么会那么大块?

还裹着柔滑的料子?

等等,好像是个人?

她捏了捏,再三确认,紧实、富有弹性,关键是平的!

是男人?!

言笑笑猛地睁开眼,一声尖叫还未来得及溢出口,便被一只宽大手掌捂回喉咙里。

言笑笑睡得迷迷糊糊，被人猛地一捂下意识张口就咬——

"嗯，嗯——"

周夙从嗓子眼溢出一声闷哼。这刺猬还会咬人！他沉默忍受着，不敢使蛮劲抽离，唯恐她叫出声引来马匪。

少顷，他终是抑制不住低吟："你干吗？"

声音有些耳熟。

还敢对她杀熟，言笑笑想也未想抬腿毫不犹豫往他下半身踹去！

周夙以迅雷不及掩耳之势制住她的腿，全身重量尽数压在她身上，确定她再也动弹不得。胸腔震动恼怒道："是我！"

"我"是谁？言笑笑死咬不松口！

"周夙！"

"周夙"是谁？言笑笑继续死咬不松口！

他咬牙切齿："官爷！"

"官爷"是谁？

官……官爷！

糨糊的大脑彻底平复下来，言笑笑迟缓地松开嘴，本能用舌尖舔着湿漉漉的唇瓣，一股血腥味瞬间弥漫，呛人咽喉。

言笑笑摸了摸自己身上，后知后觉发现亵衣已然敞开，她突然间想到什么，一把揪住他的衣襟，暴怒："说！昨儿夜里你可有对我做些不该做的事？"

这刺猬！还敢倒打一耙兴师问罪？

昨夜里是谁主动攀附他，对他动手动脚，还往他怀里又拱又蹭。

"这话应该是我问你！"

然而话音刚落，胸前的衣襟被她团得更紧，看着她一副紧张的模样，周夙终是抿紧薄唇，蹙眉妥协，嗓音也不自觉地软下三分："本官真没碰你，言姑娘若不信可以动一动，是否觉得没有不适感？"

哪想到言笑笑满脸错愕，浑然不知这话是何意。

"不适感？什么意思？"

周夙沉默了。

他怎么忘了，未出阁的姑娘怎会懂这些？

在她不断迫视下，周夙渐渐放弃抵抗："真碰了你的话会痛得下不来床。"

言笑笑目瞪口呆，反应过来后突然大骂："淫贼！"

周夙也迅速反应过来，抢救性发言："本官是在书里看见的。"

言笑笑更为唾弃："色胚！"

周夙彻底无话可说。他从小到大见过的世家女子，哪个像她这样，什么都不懂还堂而皇之地靠近他，还深刻诠释了睡醒就忘，睡完翻脸不认人。

两厢沉默好半晌，狭小的空间内谁也不想理谁，周夙的脸色更是冷得像是要结冰碴子。言笑笑纠结良久，回忆了一下一路上周夙待她确实如真君子一般，从未有过任何逾矩行为。半晌，她终是磕磕绊绊开了口，主动找台阶下："你……你与我调换位置，我要在上。"

周夙眼皮一掀，递给她一个冷漠的眼神。

她磨蹭良久，扭扭捏捏撇过脸，脸红了："我……我要整理衣裳。"

"谁要看你整理衣裳？"

真当他堂堂八皇子饥渴难耐，喜欢窥视姑娘身体？

言笑笑像是没听到似的，眉梢轻蹙，伸手在他胸前推搡了下，软软的语气带着一丝小心翼翼的恳求："快些。"

周夙仍旧黑着脸，但终究没有拒绝，臂膀揽过扶风弱柳的腰肢，顷刻间便翻转了姿势。

言笑笑攀附在他肩头，突然支起上半身，再下一声指令："闭上眼。"

"你……"话音未尽，周夙便听见她有些羞怯地催促道，"快些。"

周夙顿了一下，干脆地闭上眼。不一会儿，他觉察到她佝偻起身子，将全部重量堆在自己胸膛，窸窸窣窣在自个儿的衣裳里摸索着什么东西？

然而过了好一会儿，始终不得其入似的。

末了，她像是有些着急似的，再次叮嘱："你不许睁开眼睛，我系不到……再等会儿。"

系不到？

连衿不都在前面，怎会系不到？

蓦然他的脑海里闪过一角藕荷色的绸缎底料，灯笼悬挂在棺材侧首时，借着倾泻下来的一缕亮光，他仿若瞧见团在衣襟处的那抹艳色。

当时他还琢磨良久，此为何物？

如今忆起她的话，方才后知后觉，竟是她着的亵衣……

难怪她的反应这么大，估摸着还以为是自己解开系带轻薄了她。

霎时，周凤的脑海里恍如戏曲一般的画面，主角只有他面前的这名女子。上面绘尽了她的音容笑貌，如今又突然多了一幅朦胧纱灯后少女系上连衿的娉婷倩影。

他胸腔里无端燃起一团火，沉沉地吸了好几口气，额角暴起的青筋提醒着他依旧不得宣泄。

正苦苦胶着在连衿处的言笑笑对于周凤的变化丝毫未有所察觉，她勾着系带打了个结，刚长舒一口气，突然被一双臂膀拥进怀抱，下一刻天旋地转，后背又抵在棺材板底部，不明就里地望着黑暗中的一团身影："欸？"

怎么回事？

不等她提出控诉，濒临失控前的最后一刻，周凤忙轻咳，掩饰窘蹙："本……本官有些饿了。"

言笑笑跟不上他的跳跃性思维，错愕地眨巴着杏眸："又饿了？我记得入夜前你才吃了一整只鸡和数块糖糕。"

这人那么能吃，一顿餐该花多少铜板？

真不是普通人养得起的。

周凤视线所及尽是她的娇靥，萦绕鼻息间甘甜醇厚的香味无时无刻不在撩拨着心弦。

周凤沉默了好半晌，等言笑笑都觉得有些不对劲的时候，他才不得不硬着头皮佯装镇定："就是饿了。"

说罢，他自顾自地在木枕中翻出吃食，沉默地取出一块夜间食剩的糖糕径直咬了口，然而胃里俱是饱腹感，免不得味同嚼蜡。

反观言笑笑嗅到甜香味，却被勾起肚子里的馋虫，她咽了咽口水："今日给你买的枣泥糕还有吗？"

"就这一块了。"周凤不及深思,将手中枣泥糕递了过去。

言笑笑怔了怔,看着糖糕上的牙印有些迟疑,见对方不介意,又思及两人身处棺材里,现被压着双手多有不便,便也不再矫情,就着被他咬过一口的地方将余下半块枣泥糕叼进嘴里。

"轰"的一声,有什么东西在他脑海里炸裂,周凤呆呆地注视着那片舔舐过指腹的粉嫩,如今正意犹未尽似的,仔细品略唇瓣的每一处。

冰凉又湿漉的食指无不在提醒着他刚刚发生了什么。

他没想到,那张平日里他恨不得堵上的嘴,刚刚却僭越地含住了他的手。

言笑笑平日过得十分拘谨,吃过糖糕的次数屈指可数,如今沉浸在枣泥糕的芳香中,对周凤的反应丝毫未觉,自顾自赞叹不已:"唇齿留香,回味无穷!好吃!"

见他不说话,她又凑近了些许。因目力不济,她分辨不清他的神色,依旧兴致勃勃地问:"还剩什么好吃的?"

还来?

周凤不想暴露自己的心绪,然而心底那团无名火越演越烈,再也无法抑制住躁动的心绪,拒绝道:"你怎么那么能吃?哪个男人养得起你?"

突然被指责的言笑笑只觉莫名其妙,当她反应过来立即不甘示弱地回嘴。

"我就是饿死也轮不到你养,一介外人咸吃萝卜淡操心!"

"再则,糖糕是我买的,你心疼什么劲?"

不知为何,周凤听见那句"一介外人"时,竟觉得尤为刺耳。

这两日患难与共,他怎就成了一介外人?

然而瞧见面前的刺猬筑起屏障,又将长针立起来蓄势待发,他终是妥协:"我不是那个意思。"

"那是几个意思?"

往日里毫无波澜的心境没来由地越发躁动,陌生的情绪始终盘旋在心上,他没有再解释,只是再次将手穿过她的侧首,仔细寻觅起枕中吃食。

四下静谧无声,许是棺材里的气氛莫名有些暧昧,即使他刻意拉开距离,言笑笑仍是清晰听见对方的灼热吐息声,她怔了一下,拘谨地开口拒绝:"我……我不饿了。"

他愣了愣:"你确定?"

"我确定!"言笑笑生怕他觉察出心底的慌张,忙信口胡诌,"我就一时没忍住口腹之欲,可是想到现下处境,我还是管住嘴好了,以免闹起肚子坏事。"

经她无心岔开话题,周夙突然正色道:"说起这事,本官等了大半宿,现观马匪已然熟睡,此时倒是离开的好时机。"

"离开?您在说笑?"言笑笑但凡想到密林中经历的恐怖事情,就忍不住一阵后怕,"那群马匪骑马那么厉害,不多时就会追上我们,我又不会武功,还是官爷您武艺卓绝,打算以一敌十?"

周夙对她勾了勾手指,言笑笑狐疑地凑过去。

周夙小声地跟她分析起自己的计策。

好半晌,她听得一愣一愣的,仍表示怀疑:"真的?"

"本官什么时候骗过你?"

考虑到现下处境危险,不自救等同于束手就擒,待棺材交接至侯玖屏手里,只有活埋的份,入了坟定会有专人看守墓地,到时侯玖屏绝不会让人有机会再将棺材劫走。

此时马匪皆入睡，用周凤的计谋倒是有很大把握逃脱。

言笑笑磨蹭良久，咬了咬唇，终是妥协道："假如此计不行，我定然将你卖了自保。"

听闻这话，黑暗中那双凤眸闪烁，他极轻地笑出声来："好。"

她默默从荷包中掏出全副身家，清点后再加上曾被周凤没收充公的四两银子，共计一百九十四两碎银。

她捧着巨款沉沉吸了口气，痛心疾首地将每块碎银用撕扯下的碎布条捆绑严实，刻意留出便于拖拽的长条握在手心。

待一切准备妥当，她终于小心翼翼在棺材板内顶开一道口子，刺目火光瞬间迷了眼。

言笑笑迅速缩了回去，等她适应光亮后，微微睁开一条缝隙，探出脑袋，她须臾间翻出棺材，一气呵成解开马绳驾车窜逃。

万籁俱寂的密林中忽闻马儿嘶鸣，瞬间惊醒熟睡的马匪。

"快！快醒醒！有人抢棺材！"

一声怒吼，震得睡眼惺忪的马匪们摇摇晃晃爬起身来，半天摸不着北："发生什么事？"

"快上马追！"

有备而来的言笑笑此刻不骄不躁，她手持梅花袖箭，对准拴在树头边的骏马扣动扳机，仅剩的四枚铜针瞬息间放倒路过的四匹骏马。

一时尽是马匪的叫骂声，少了四人追击，马匪顷刻间余下十四人。

十余米外的马匪恼羞成怒，恨不得扯破嗓门咒骂："小美人吃了熊心豹子胆？之前让你跑了，现在还敢回来，胆子不小啊你！"

"有本事可别被老子逮着！不然定要叫你知道什么叫生不如死！"

尘烟滚滚里，马匪们来势汹汹，在密林中的屈辱记忆再次涌上心头。

言笑笑沉沉吸了口气，按住颤抖的双手。待她稳下心绪，回首目光如炬地注视着马匪。

她不疾不徐取出一条捆绑好的小块碎银，使劲朝着高耸的树枝上一抛，畅然大笑："这里一块碎银，各位匪爷想要的就拿去吧！"

"碎银？"飞驰在最前头的马匪瞧了眼悬挂在树枝上晃晃悠悠的银子，犹豫半分，终是没经受住诱惑，火急火燎地下马，待他定睛一看，不远处勾着的果真是碎银，瞬间激动得惊呼出声，"美人真阔绰！少说也有八两！"

"什么？！"

其他马匪大惊，纷纷上前，无不流露出羡慕之意。

一击奏效，言笑笑内心暗喜，连忙再取出一块碎银，在马匪面前虚晃了下，捏着布条一甩，抛掷向不远处斜侧方树枝，再次以利诱之，来争取逃跑时间："这二十两银子也是孝敬匪爷们儿的，见者有份，匪爷们儿大可放心笑纳！"

"二十两？！"

这……这可等同于他们分赃半年的例银。

立时有禁受不住诱惑的马匪勒紧缰绳，改道密林，下马后艰难攀上树。

距离二十两银子最近的马匪闻风而动，亦是争先恐后扑去。

肥水不流外人田！

余下马匪猛地咽了咽口水，目光始终不离密林里争抢爬树的二人，嫉妒地大喊："二十两银子啊！实在太肉痛了！"

马匪小头头眼见跟班们因这天降之才变得心不在焉，他扯破嗓门咒骂："回来！给老子回来！懂不懂规矩？"

重赏之下岂会有人记得号令如山。

规矩值几两银子？马匪们无不在心底嗤之以鼻。

何况他们心知肚明，棺材寻回来从侯玖屏处得来的银子，大头都给当家人，到他们手里的银子连半两都不到。

既然入了马匪，做起这为虎作伥泯灭良知的行径，谁会同银子过不去，将树枝上的银子揣进兜里才是最实惠的。

言笑笑嘴角含笑，高举一提银子，头也不回诱惑道："别急，都有，都有。这回右边！"

"银子！"

眼神炙热的马匪紧盯前方的一提银子，那心绪已是万分激动，恨不得即刻扑上去抢夺，哪里想到言笑笑不按常理出牌，一块银子脱手而出飞向左边。

蓄势待发扑向右边的马匪顿时傻了眼，眼瞅着发财梦落空，忍不住失声怒喊："你骗老子！不是说好的右吗？！"

脸红气不喘的言笑笑继续忽悠："不好意思，都怪我一时想岔，左右不分。这回是三十两银子，右边，接好了！"

"三十两！"

"右边，说好的右边，别欺骗我感情！"

"三十两，我来了！"

"这是我先来的！"

"你先来就是你的？最后落谁兜里才是谁的！"

"嗷！你敢打我？吃我一拳！"

丢人！实在是丢人现眼！

眼见身后队伍迅速减少到不足十人，马匪小头头只觉得万分痛心，脸都气得青紫一片。

然而，更痛心的是，抢银子这等美事，他还不能明目张胆做领头羊！

他刚走了会神，下一块银子又从眼前飞过挂在树梢上，队伍里立时又有一名马匪以迅雷不及掩耳之势猛扑过去。

小头头捂着胸口，痛心疾首地回身扫了一眼，却见跟班们无不是双眼放光，一眨不眨盯着言笑笑手中握的一提银子，仿佛随时准备扑上去抢来。

小头头唾沫飞溅，叱责道："一群没眼界的东西！区区三十两银子就让你们忘记任务？"

"扑哧"一声，言笑笑终是没忍住笑出声来，扒着车耳探出脑袋，朝着小头头高声喊道："匪爷，您是有骨气的，三十两银子收买不了您，要不五十两怎么样？给条活路如何？"

"五十两？！"听到这话，余下四名马匪差点没岔了气，全都眼巴巴望着小头头，仿若恨不得将他生吞活剥了。

哪里想到小头头不按常理出牌，嗤笑道："呵呵，若将你拿下，这一提银子还不是归我们弟兄们分，回了寨里还有奖赏，莫说你给我五十两银子，就是怀揣五百两到时也是我们弟兄的！"

"不愧是头！"

"是呀，是呀！我怎么没想到！"

"待将这妞拿下，这一提银子又无外人知晓，可不就入了咱们弟兄们的兜里。"

"快！追上他们！"

言笑笑脸上的笑容瞬间一滞，她低下头，低声抱怨道："果然是个小头头，竟然还有点脑子，唉，我怎么夸起马匪来了，呸呸呸！"

言笑笑思索片刻又抬起头，颇有底气地道："匪爷，你说寨主若是知道你在我这里私吞银两会放过你吗？要不到时你同寨主说说，叫他割下百两银子赏赐与你，如何？"

小头头冷哼一声："你若成了死人，还有谁向寨主告状今日意外得财之事？"

"那可不好说，分赃不均常有的事，您这般坚持，指不定我拿出一百两叫您的三个弟兄们买下你的命，您看如何？"

小头头大惊失色："什么？"

马匪们惊呼："一百两？"

"一……一百两……"

小头头猛地咽了咽口水，瞬间变得有些不安。

人若是真的拦截下来，她身上的银子如何平分还是未知数。

先才爬树取银子的弟兄们是否会赶上再分一杯羹？

还有后头没了马匹，正在往这边赶的四名弟兄，是否会嚷嚷着分赃？

小头头无意中瞥见身侧三名手下，正目光热切地瞅着自己，不禁身后一凉。人为财死，鸟为食亡，这个道理他最是清楚。

倘若这女人真带着棺材逃走了，那这些散落树枝上的银子，才真的是谁取到便进了谁的兜子。

见小头头满脸憋屈又无法反驳,言笑笑再次取出一提银子,中气十足大喝一声:"我手中的银子可不多了,你们想清楚,这回十两,谁要?"

说罢,她朝着树梢上投掷而出。

"我!"

"我!我!"

"我!我!我!"

马匪个个人精,见风使舵这一招早已练就得炉火纯青,既然拿下这人要冒失去银子的风险,倒不如借此机会,让人离开,神不知鬼不觉昧下银子。

余下的两名马匪跟班也不知道谁先嚷嚷一句:"单独给我一个人十五两,我就放你一马!"

小头头目瞪口呆。

言笑笑哭笑不得。

说时迟那时快,一提十五两银子被她扔到树梢上:"识时务者为俊杰。"

"我也要十五两!"

"我也要!"

"我!"

"我!我!"

小头头怒不可遏:"一群吃里爬外的东西!"

不消多时,言笑笑回首朝着孤零零的小头头商量道:"如今就剩您一人,匪爷怎就这般不惜命?您视钱财如粪土一心效忠寨主着实令我钦佩,说实话,我真替你的安全忧心,倘若你真要坚持将我擒下,不知那群下了马的跟班会不会不答应,从而狗急跳墙将你埋在荒山野岭?"

这番带威胁的警告狠狠戳中他的顾虑。

小头头想起先才下属们如狼似虎扑向银子时的模样,顿时留下一滴冷汗,禁不住咽了咽口水。

言笑笑扬起手中银子,笑眯眯地讨着商量:"我这里还有二十两银子,行个方便如何?"

小头头一咬牙:"算你狠!"

顿了顿,他突然又想起什么,高声嚷嚷道:"卖你个价值十两的消息,怎样?"

"喔?那要看匪爷的消息值不值十两。"

"侯玖屏一连派出几拨人马堵截,一线天只是让我们弟兄打个头阵,官道上还有一波追袭,你得了消息自然可以早做准备。"

闻言,言笑笑皱了皱眉,但还是拱手抱了个拳:"如此,便多谢匪爷,三十两银子拿好了!"

兴冲冲奔向银子的小头头还不忘记嘱咐一声:"好走再也不见!别让老子再看见你!"

言笑笑畅怀大笑,头也不回挥了挥手:"匪爷,再也不见!"

得了差役追袭的消息,言笑笑打马而过,刻意避开康庄大道,反倒寻了条静谧的羊肠小径缓行,少了份喧嚣,多了份恬静,耳边俱是马蹄发出的"嘚嘚"声。

劲厉的风呼啸着砭骨,她却丝毫未觉冷意,反倒身心彻底放松,接连深呼吸,再深呼吸,在此之前她从来不觉得空气是这么清新,拂过耳畔的清风是这般舒爽。

她抑制不住心底的激动:"啊!啊!啊!我办到了!自

由了！"

正闭目休息的周夙听到这声呐喊，不禁扯了扯嘴角："夜半三更，言姑娘嚷得这般大声，也不怕将豺狼招来？"

"对哦！"言笑笑立时捂嘴，挨着棺材压低嗓音，庆幸不已，"你说得对，千万别将马匪又招来了，那我可没有银子付买命钱。"

他有些好笑道："有我在，你担心什么。"

"嘿嘿，也是，我这个马夫还是抓紧时间连夜赶路，争取卯时前到青山码头与马老大会合。"

后半夜里出奇地顺利，除了听闻夏虫脆鸣再无其他，临近青山码头时，言笑笑担心河道边人多口杂，周夙在那没法从棺材里出来，于是她刻意将马车停在密林深处，拴好马绳，道："我观远处隐有袅袅炊烟，估摸着至多两刻钟即可抵达青山码头，此地荒无人烟，周围又有蔓草冷蒿遮挡，官爷您且出来透透气？"

周夙在棺材里待了好长一段时间，确实应该出来喘口气，于是利索翻身而出，毫不讲究地同她坐在草丛里用起简餐。

"垫一口吧，上了船就不好再叫你出来。沿着河道顺流而下，至多一个时辰就入京畿重地，我的任务也算完成了。"言笑笑将方枕中剩余不多的糖糕递给他，便自顾自地双手叠在后脑勺上躺下，席地幕天。

入目即是缕缕月光穿透薄雾缭绕的密林，至层层叠叠的叶隙间洒落，苍穹里忽隐忽现的星斗似玉盘上铺就的珍珠，璀璨明亮。

青草的芬芳沁入鼻息，令人如痴如醉。

许是连日赶路已让她身心疲惫，她微微搭拢的眼皮子越发沉重，终是抵挡不住困意袭来，刹那间已然熟睡。

梦中是一层又一层的迷雾，言笑笑迈着沉重的脚步走啊走，周边不时刮来凛冽寒风，奇怪的是她竟然未感到任何冷冽。

远处隐有微弱的亮光，她顺目望去，好似引路的明灯。

天上簌簌飘落鹅毛般的雪花，不多时天地已被渲染成白茫茫的一片，她不知困倦，踩过厚厚积雪，留下深一脚浅一脚的脚印，待她看清那些亮光是一盏盏在风中摇曳的纸糊灯笼，方才醒悟这是九年前的那个夜晚，她熟悉的家。

彼时的雪又急又大，寂寥的长街看不见丝毫人影，外出觅食归来的幼小身影出现，怀里还揣着一个白胖馒头，着急地往家里赶。

她惦念着家中的小安哥哥必定饿急眼了，须早些赶回去。

然而穿过巷子口，却远远瞧见司安踏上一辆富丽华贵的马车。

不知为何她很确定，这便是小安哥哥时常挂在嘴边的家人。

是要接他回家了？

可是，她怎么办？

眼瞅着马车渐行渐远，她脑子尚未思考，便大步追了上去，或许是太急又慌张，整个人突然栽进雪堆里，她顾不上吃了满嘴冰碴子，又迅速爬起身，跌跌撞撞奔跑着，边跑边呼喊着："小安哥哥！"

寒风猎猎呼啸着，娇小的身影跌倒再爬起来却再次跌倒，大半个身体埋在雪堆里，本以为再也见不到她的小安哥哥，忽然那辆马车停了下来，帷幔被人从里撩开，面容冷峻的文士端坐在那里，无形中即迸发出凛人的肃杀之气："我看你挺在意这个小姑娘，可要将她一并带回？"

这个陌生面孔叫言笑笑禁不住瑟缩了下，然而看向司安时，目光情不自禁地带了一丝信任和希冀。

她想，有小安哥哥在，自然是不怕的。

却没料到他头也未回，一道很是淡漠的声音传来："不必了，走吧。"

话音刚落，她因疾跑而气喘吁吁的殷红娇靥瞬间变得煞白，脚步钉了桩似的，再也迈不出半步，直至帷幔被重新放下了，她依然傻傻立在原地。

一帘之隔，那个互相守望唯有彼此的亲人，终是舍弃了她。

"走。"落下这话，他再也没有回头。

他离开后，言笑笑蜷缩在屋檐角，幼小的她紧抱双膝，泪已止不住地淌下双靥，口中不断呢喃着："不要走，不要丢下我……"

梦境中的孤独感压抑得她喘不过气，只是今日略有不同，突然阴霾的天幕被人生生扯破，有只宽大温暖的手覆在她的额际，轻声唤她："言姑娘，醒醒。"

言笑笑猛地睁开眼，由梦魇中惊坐而起，她目光无焦点地注视着前方，下一秒抬起双手捂着脸颊，冷汗何时浸湿衣裳犹不自知，多少年未曾做过这个梦了？

她也记不清，原以为这个执念早已放下，现下忆起来，方才发现心房处依旧隐隐作痛。

周凤看着她脸色煞白，联想起她在梦境中不断念叨的话语，终是蹙起眉头："你被梦魇住了。"

言笑笑没有抬头，过了一会儿，才用沙哑的嗓音说道："我睡了多久？"

"不足一刻钟。"

"是吗？"

言笑笑把手放下，面上仍有悲戚之色，可见她在梦中经历了何等悲伤。

只是，她不明白，为何会突然做起这个梦？

明明小安哥哥的面容已渐淡忘，可如今再次忆起，她才发现，过去与他相依为命，经历过的点点滴滴仍旧历历在目。

九年了，她仍介怀，毕竟那是她第一次拥有家的感受。

相伴三载，一千多个日夜，终是别离两茫茫。

虽然她始终坚信，小安哥哥是有难言之隐。

虽然理智告诉自己，他有自己的家人，不带上自己离开再正常不过。

可内心深处，却始终不能完全释然，毕竟，他们曾经是那样亲密的家人。

言笑笑缓缓抬眸，她的视线落在周凤身上，紧绷的那根弦突然断了，心底的答案呼之欲出。

她到底是在怕什么？是在害怕和眼前的人分开吗？

他们不过萍水相逢，真是可笑至极。

他同小安哥哥一般，只是人生旅途中匆匆的过客，不过因为几经生死，患难与共的情意总归不一般，这才在心底给他赋予了特殊性。

想通这点的言笑笑沉沉吸了口气，淡淡一笑："不碍事，只是忆起过往。"

周凤将她的神情变化看得清清楚楚，见她不愿细说便只是安慰道："过去的事就让它过去，人须向前看。"

周夙:"对了,言姑娘入京后有何打算?"

"打算?"

这个问题她从未考虑过,却毫不犹豫回答:"打道回府,看您安全入京,我就动身返城,庄夫子还在榕城等我回家,有了银子就可以请来妙手回春的大夫替庄夫子看诊。"

这么快?

周夙沉默了,神色晦暗不明,不知在想什么。

过了一会儿,他缓缓道:"其实京城里有许多名医,言姑娘若愿意,可将庄夫子接到京城,到时本官给你安排医术精湛的大夫。"

话了,他顿了顿,怕她没听明白,又委婉补充了句:"其实在京城安家挺好,言姑娘若愿意,本官也可以托人替你寻份妥帖的差事。"

入京?

她从未想过搬迁到异乡。

她垂着脑袋,想了好一会儿,突然觉得周夙这番话有些不大对劲。

他似乎是……在挽留她?

她回味着那番话,越想越觉得自己没理解错,就是挽留的意思!

官爷……竟舍不得她走吗?

这些日子里,她与周夙相依为命,亲眼目睹了他的才智与谋略后,知道他冷硬的外表下其实有一颗柔软的心。她思及此,恍惚埋藏最深处的一团火种被引燃了,越发有燎原之势。

她也希望像教导接济自己的庄夫子那般,尽自己微薄之力帮助挣扎在底层的黎民百姓，不再是施舍给予她更加弱小的老弱妇孺，而是成为像官爷这般运筹帷幄的智者。

言笑笑像突然开了窍一般，她兀自按捺住有些激动的心情，鼓起勇气："官爷，我想跟着您。"

看着面前的姑娘眼神亮晶晶地注视着自己，似缀满璀璨星河的杏眸里深邃幽远，蛊惑着他几近沦陷，他的心猛地"咯噔"了一下。

喉结滚动，他尚且来不及深思，便直接应下了："好。"

竟没拒绝她！

言笑笑不禁喜形于色，亲切地唤道："师父！"

周夙几乎要怀疑自己的耳朵，不确定道："师父？"

"没错，师父，我要跟着您学习韬略，成为一个有智慧的人！就像弟子当年跟着庄夫子学习那般，您放心，弟子定不会辱没了您的名声。"

呵，像对待庄夫子那般对他？

周夙突然觉得一口血哽在喉咙里，瞬间黑了脸，"本官不收徒弟。"

言笑笑的笑容瞬间凝住。

这人怎么这么善变？

还说她翻脸不认人，明明他才是真的翻脸比翻书还快，她幽幽地说道："可您刚才还说……"

他咬牙切齿否认，"你听错了。"

再次碰壁的言笑笑神色黯淡下来，耷拉着眼，蔫了似的杵在原地。

周夙心底有些发堵，刚刚被她注视的那一瞬间，他心中满溢的期待让他无法再继续欺骗自己,假装不存在。

但听到的答案却与自己所想的大相径庭,他颇有些自嘲地想:这只刺猬的脑子里究竟装的是什么?

他忍了忍,按捺住想要摸摸她的头安慰她的冲动,突然站起身来,冷硬道:"跟上。"

"欸?就走了?"言笑笑抬起头,见对方黑着脸,于是瞬间闭嘴。

她刚欲起身追上他的脚步,突然脚踝一阵剧痛,本能地哀号了一声,响彻在密林中。

周凤蓦然回首,正好看见一只细细长长的小花蛇窜入杂草丛中,他心猛地一跳,想也未想地飞速赶到她身边,立马蹲下,撩开裙摆查看伤势。

他褪去她的鞋袜,看到血淋淋的伤口扎在白净如瓷的脚踝上,他呼吸一滞,抬头看向她的脸,只见她脸色惨白,豆大的汗珠不停地冒出。

周凤心一横:"冒犯了。"

话音刚落,周凤再无犹疑,握着圆润的脚踝,凑上去迅速将伤口处的毒血吸吮出。

温热的唇接触到皮肤,言笑笑心和手都忍不住颤抖起来。

她低头望去,周凤小心翼翼地捧着她的小腿,低垂着眼睫,正专心致志地帮她将毒血排出。

等他抬起头来,看到言笑笑依旧是目瞪口呆,迟迟说不出话。

好半晌,她方才羞红着脸,小声提醒:"无……无毒。"

周凤僵住了。

什么?

言笑笑的面上有些窘色,张了张口,却是无言。

若非他唇上染的殷红鲜血不断告诉着她刚才发生了什么,言笑笑仍是不敢相信。她掩着嘴,"扑哧"一下子笑出声来:"有毒的话,齿痕就是黑色的。"

潋滟的杏眸忽然瞥向一旁,不敢看他,她清了清喉咙:"难得您也有不明之处。"

他没好气地说:"小没良心的。"

"好,是我不该取笑您,您这不顾安危救我一命,真是让小女子好生感动。"

等周夙看过去,才发现言笑笑正笑意吟吟地望着他。

他眼皮子一撂,评价道:"没看出来,反倒满嘴尽是胡话。"

言笑笑急急拍了拍胸脯,赶忙自证:"心底,心底!这里都记得您对我的好。"

"行了,受伤了还精神这么好。"周夙的注意力始终在她脚踝上,仔细帮她包扎完伤口,站起来揽过她的腰,径直将人抱了起来。

言笑笑怎么也未曾料到会是这样的走向,蓦然间双腿悬空,整个身体落入一个宽厚、坚毅,莫名令人心安的胸膛。

她脸瞬间红了:"官爷!我可以自己走。"

见那双白嫩的柔荑抵着他的胸膛挣扎着要下来,周夙将她拢得更紧了一点,令她再难动弹分毫:"你若是再被毒蛇咬一口,本官就将你扔在原地等死,免得本官不顾安危救你还要受人白眼。"

言笑笑愣了一下,真是又气又好笑:"都说了没毒。"

周夙的面上分明是一本正经,可她却听见了满满的恐吓之意:"那条没毒不代表下一条也没毒,此地距离河道颇近,本官记得金环蛇最喜栖息于此,若是真蹿出来一条咬上你一口,包你无药可救。"

末了,他又阴森森地补充道:"金环蛇乃是蛇类剧毒之首,被咬后毒素顺着血液迅速蔓延全身,你的伤口会最先溃烂,一层一层皮伴随着血痂脱落,就像蛇蜕皮那般逐渐延伸到小腿、大腿,然后是上半身,最后你的脸会变得血淋淋的,并且痒痛难忍,三天后就暴毙而亡!"

瞧着她的小脸瞬间扭曲,周凤不免心情愉悦起来,继续吓唬:"不过也没关系,到时言姑娘也看不见自己惨不忍睹的样子,本官一向十分仗义,定会来替你收尸。

"至于言姑娘的家在哪儿,本官也不清楚,不过这里景色优美,还有潺潺流水,就地葬了也是不错的选择。"

言笑笑禁不住咽了咽口水。

听他说得绘声绘色,她早已一脸菜色,心底发毛。她瞟了眼茂盛如人高的蔓草丛,彻底屈服,老老实实任由他抱着,再也不敢提一句自己走回马车。

不仅如此,纤细的皓腕还主动攀附他的脖项,勾住其颈后,整个身体重心更加贴合近他的胸膛。

见他顿足,言笑笑眨巴着纯净如水的杏眸,一本正经陈述:"先声明,我不是害怕,就是怕你体力不济将我摔着。"

周凤忍不住气笑:"言姑娘说得对,本官确实体力不济。"

说罢,他猛地一屈膝,身体蓦然下沉。

"啊啊啊!"悬空的身体下坠后骤然停止,言笑笑紧闭着眼,手揽得更紧了,等了几秒迟迟未等到幻想中一摔,她才小心翼翼睁眼,发觉自己仍旧在周凤怀中,转而怒瞪他!

周凤一脸正经:"言姑娘太重了,本官只能蹲下来调整一下姿势,吓着姑娘了?"

咬牙切齿的言笑笑鼓起腮帮子,硬是没敢反驳半句。

"吓着了,就搂好。"

不用他强调,言笑笑已经自然而然将头倚在他的肩窝处,圈在他脖后的双手交握得更严实。

"这才乖。"周凤笑着说。

哼!暂且不同他计较。

阵阵凉风拂过林野,淡淡甘甜醇厚的香味萦绕鼻息,言笑笑还以为是错觉,她仔细嗅了嗅,顺着香气凑到他的脖子处,顿时有一种清幽之感扑面而来,让人心神宁静,"您身上沾染的味道似蜜香很好闻,我原以为是衣裳的熏香,如今才发现经久不散,是什么特殊香料吗?"

明明她只是凑近了些,没有碰到他,可周凤依旧觉得脖子被什么东西挠了下,酥痒感逐渐蔓延开来,他喉结微动,低声道:"应是独有。"

他在宫中为了静神幽思,常年熏炉不息,何时浸染了沉香味犹未可知,经她提醒方才恍然,沉香一克值千金,自是不能如实说。

她小脸惊讶,微扬起头,惊诧又崇拜地问:"莫不是天生的体香?我曾在话本子里瞧见过,原来男子也能有呀?"

"话本子?"

天生体香?

这小脑袋瓜子究竟装了什么?

周夙一言难尽地看着她,却见她黑白分明的眼眸中全然清澈,明明白白地告诉他是他想歪了。

他扶额,无声闷笑,带起胸腔一片震动,眸色潋滟似湖水荡漾:"言姑娘喜欢?"

心事尽写脸上的言笑笑毫不犹豫点了点头:"嗯,以前闻过胭脂铺卖的脂膏味,有些刺鼻,我不喜欢,所以一直没往脸上抹。"

他满是戏谑地怂恿道:"言姑娘若喜欢,往后自可凑近了闻,免费。"

绽桃似的唇瓣微微张了张,她有些迷茫,又说不出反驳的话,蹙眉凝思好一会儿,才缓缓开口:"可是,书上说,男女授受不亲。"

"有吗?"

见她似小鸡啄米般点了点头,周夙脸不红气不喘,信口胡诌:"那一定是你平日里没好好温习夫子教的功课,授是给予的意思,陌生男女授受物件时不可直接接触,我与你乃生死之交,自是不在此列,况且又没授予你物件。"

见他一副你读的书没有我多的模样,言笑笑便十分笃定这番解释很是妥帖,何况这些年来,她觉得庄夫子教的书枯燥乏味,确实听得一知半解:"喔,原来生死之交便不在此列?那一定是我看书意会时理解错了。"

"可是言姑娘提到过的那位庄夫子教的启蒙?"

"嗯!就是那位恩人。我自幼无父无母混迹乡野,幸得庄夫子垂青,允我在私塾外旁听,见我勤奋好学,便敞开了他的书屋借我观之。庄夫子虽是一贫如洗不善言辞,却是这些年里待我最好与陪伴我最长久的人了。"

"言姑娘做得对，授业恩师自是应当敬重常存于心，这些年，言姑娘都有看过什么书？"

"四书五经，孔孟之道……"

四书五经？

周凤彻底愕然，果然庄夫子执着了一辈子科举，只读圣贤书，教个女徒弟亦是死板不开窍，还好她颇为伶俐学以致用，没成个酸文假醋的书呆子。

恍惚忆起什么，他追问了句："听言姑娘先才说的话，似乎喜欢看话本子？"

哪里想到她的靥上霎时晕了薄薄的胭脂色，垂下眼睫，甚为羞涩："唔，庄夫子说那些关乎情爱的话本子会搓磨人的斗志，从不许弟子看。我就翻阅过一本《风月无边》，是庄夫子的学生在堂上私窥时被庄夫子缴获，后被我无意间瞧见，觉得里头的小娇妻讨她夫君欢心的模样甚是有趣。"

她没敢承认这本《风月无边》是多年来最好的消遣物件，是她的心头好。

瞧那双杏眸躲闪，再一听这书名，周凤便晓得不是什么正经话本。

就小刺猬这般，没个女性长辈教导男女之事，还没有被心思叵测的男子诱拐，真是值得庆幸的事。

"庄夫子说得对，下回不可再看《风月无边》，本官替你挑选一些书籍，想来言姑娘会喜欢的。"

言笑笑瞬间眼睛一亮："似官爷您这般博览群书，一定看过很多话本子吧？"

否则为何嫌弃《风月无边》？

周夙掩饰性地咳了一声:"咳,本官也不曾看过,只是家中长辈甚是喜欢听戏,耳濡目染下,自是知晓哪些话本子值得一看。"

言笑笑的崇拜溢于言表:"那您介绍的书,我一定会好好珍藏!"

顿了顿,她仿若追忆起久远的过往,嘴角不自觉扬起好看的弧度,敞开心扉道:"从您身上我看见了一位故人的身影,他也像您这般厉害,什么都懂,每当我受人欺负,他也会站出来教训那群坏人。

"我还记得那一回他负伤了还强忍着痛处,抱着崴了脚的我踩过皑皑白雪回到家中。"

这是周夙从她嘴里第一次听见她如此依赖的语气,比她说起庄夫子时还要亲密。

周夙突然无端胸闷。

她的十八年人生里从未有过他的丝毫记忆,私塾中诸多外男,但凡不是眼瞎,都会发现她的好。

是否她的心底早已住进一个人,所以一路上他对她再好,她也不会把目光放在他的身上?

思及此处,他缓缓开口,嗓音微哑:"故人?"

"是啊,小安哥哥,他曾是我最亲近的人,每次我饿肚子的时候,他总是能变着花样给我找来各种吃食,他也很聪明,读书下棋画画,什么都很厉害呢!"

原来那段久远的记忆,也不全然因为他的离去而悲痛、憎恶,鲜明记忆里的小安哥哥,依旧是那个恣意潇洒完美的少年郎,和对她诸般照顾的亲人。

只是这些年来,她始终不敢揭开伤疤,才不愿面对他被迫离去的苦衷。

　　周夙听出来了,她恨不得将所有美好赞誉的词汇,用在这个陌生名字的男人身上,周夙顿时嘴角下垂,眸色冷凛起来。

　　然而,他仍耐着性子追问一句:"那为什么是故人?"

　　言笑笑神色暗淡下来:"九年前他被家里人接走了,我以为过几天,抑或是几个月他便会回来寻我,可是一别经年再也不曾见过,小安哥哥约莫是将我忘了吧。"

　　九年前离开?

　　不知为何,周夙莫名地舒了口气。

　　见她耷拉着脑袋,神色间不自然流露出的弃儿般的委屈,周夙按捺住自己上扬的嘴角安慰道:"既然已弃你而去,便不值得你挂念,未来定会有更好的人来照顾你。"

　　言笑笑抬头,眼里虽还有薄雾,嘴角却也荡了一抹笑:"官爷说得没错,人应向前看。"

　　他亦笑了,嗓音温软:"现下,至少有我。"

　　"这话,小安哥哥……"

　　"我不是他,不会弃你于不顾。"

　　一瞬间,言笑笑忽然觉得心底有什么不知名的东西在悸动,她眨了眨酸涩的眼帘,突然伸手牢牢抱住他的脖子,头埋进肩窝,呜咽了两声:"官爷您真好!您放心,我一定会像孝敬庄夫子那般敬您,真的,我这人最守信用了,绝不食言!"

　　周夙彻底气笑了。

　　"我不过年长你九岁,为何开口闭口要孝敬庄夫子那般敬我,不知道的人还以为我年长你九十岁。"

"欸？"

"死了那条心，我不做你师父。"

呜呜，干吗说得这么斩钉截铁。

她做徒弟还是十分乖巧懂事，决然不敢忤逆尊长。

虽被明确拒绝，但她还是想再挣扎一下。她微微垂下脑袋，幽幽辩解："您虽然看起来很是年轻，可是浑身上下气势迫人，压根不像大我九岁。"

言外之意就是他人不老，心很老？

周夙额角的青筋跳了跳，他重重吐出一口浊气，决定再也不同她讨论年龄问题。

言笑笑小心翼翼地看着他的脸色，心想难道也有人评价过他心态老成？

这才令她踢了铁板？

好吧，原来不只女人嫌弃被人说老，男人也会厌恶，她往后一定记得不要再戳他的伤疤。

忽然远方"砰"的一声巨响，苍穹上绽放的姹紫嫣红的烟花转瞬即逝，言笑笑惊叹后免不得感到有些奇怪："看那方向应是临村燃放，天未亮就有人办喜事？"

日暮时辰，他在淮山县燃放了信号弹，暗卫得了消息，此时是在用烟火回应位置。

然而见到信号那一刻，周夙却凝眉沉思，随意附和道："今天许是个好日子。"

笑笑如今脚踝受了伤，不宜过度走动，他若招来暗卫不只身份会暴露，还有可能将她牵扯进政变中遭到刺客追杀。

他无声看了眼怀中正兴致勃勃赏景的姑娘，终究没有取出信号弹,默默将她抱回马车。

"我们先到青山码头与马彪会合,你脚踝有伤,还方便赶车吗?"

她自始至终笑容灿烂:"不碍事,伤的又不是手,不费力。"

"那就出发。"周凤点了点头,迅速翻入棺材中。

第四章

冲喜

晨曦拨开苍穹的帷幕，第一缕霞光悄然洒落密林，言笑笑微微含笑，仰望枝叶缝隙间的光斑，只觉阳光甚好，和煦的清风拂过堤岸，吹散了丝丝烦忧。

青山码头前，数艘花船泊在河堤，南来北往的客商停在岸边的食肆里暂做歇脚，诸多有身份的贵人嫌弃食肆简陋，青天白日呼朋引伴地钻进花船，招来美人陪酒听曲儿，大有甚者选择留宿一晚，再行赶路。

言笑笑驱使着马车，正准备前往食肆打听消息，马彪突然从树丛后探出脑袋，朝着她招了招手，示意她赶紧过去。

言笑笑见到他十分惊喜，调转马头后迅速窜进房舍，见到王娇安然无恙立在跟前，终于是喜笑颜开："怎么只有你们二人？其余五人逃出来了吗？"

马彪不断探头张望，确定无人追来后回过头对她说："无碍，老子让赵老二他们分开行动，免得引起注意。你倒是福大命大，居然一个人跑到这里来。"

提起这事，她便一阵肉痛："什么福大命大，我可是花了全副身家才捡回一条命，跑这趟活历经生死不说，指不定还要空手而归。"

"嚯！原是做了散财童子。"

马彪话音刚落，言笑笑旋即黑了一张脸。见状，王娇轻咳一声，忙打起圆场："钱财乃身外之物，人没事就好，待入了京我定让父亲重重酬谢你们。"

言笑笑岂能收王娇的银子，于是索性不同马彪计较，她见他的目光始终停留在食肆，难免奇怪道："瞧你一副耗子见到猫的模样，那里头莫不是有埋伏？"

听见这话，马彪心下震惊，重新打量起笑笑。

若说一线天发现埋伏纯属侥幸，后来独自逃脱并抵达这里，便绝对不是靠着幸运："你怎么知道？这食肆里尽是些乔装打扮的差役，还是老子无意中听见他们交谈，才知道是那侯玖屏花钱要老子和弟兄们的命，这要是给碰上了，肯定吃大亏。"

他的下颌微抬，指着远处徘徊三人，继续解释："你看，青山码头前也有埋伏巡视的人，咱们若是做个闷头瞎，径直闯进去，恐怕这会就栽了跟头。"

言笑笑禁不住翻了个大白眼！

她说呢！护送娇娇入京得赏金这般好的事，马彪六人岂会为了等她集合分一杯羹而停留在原地，原来是登不了船。

至于差役埋伏于此的消息，那是花了大价钱从马匪处买来的，她就更不会与马彪说明，只斩钉截铁道："我有法子引开差役。"

"什么？"虽然马彪想过言笑笑满肚子花花肠子，可是真的听见她说有法子化解危局，仍觉得不可置信。

她并未明说，只是同马彪讨要了十两银子，并无视马彪肉痛不已的表情，临走时不忘嘱咐："原地看护好棺材，我去去就来。"

马彪眼睁睁看着她镇定自若地独自一人朝着泊在岸边的画舫走去。

近日来历经生死，通过周凤言传身教，平日里在书本上读到过的三十六策，言笑笑对此有了些心得体会，现下正是学以致用的好时机。

她前脚刚登上船头，鸨母就匆匆迎上来。鸨母打量着言笑笑，心里虽有疑惑，面上却仍然堆出一个笑来："哎哟，哪儿的风将这般娇滴滴的姑娘刮到我这船头？您若是想听曲儿最好去往前不远的茶肆、酒楼，我这船上皆是大老爷们儿，只怕姑娘进来后惊吓到，那可就是我的罪过。"

言笑笑二话未说，径直将十两银子取出，在鸨母面前一放："这个数可够听曲儿？"

瞅着沉甸甸的银子，鸨母眼睛都瞪直了，一把将面前的银子揣进怀里，生怕她反悔："够！够！姑娘想听什么曲儿？"

鸨母暗喜，管他男的女的龙阳之癖还是什么之好，阔绰就行。

"瞧见茶肆里那几位爷了吗？码头前还站着仨。"

言笑笑指着那群乔装打扮的差役，脸红气不喘道："他们均是我家侯老爷派来的人马，这一路上风餐露宿，都没吃上一顿饱饭，如今犯人已经押解返城，无须差爷们儿再费心神，你让手下的美人们替我家老爷款待款待,明白吗?"

鸨母呼哧着香帕,满脸堆笑:"一定一定!贵人大价钱包了船上的美人,我哪敢怠慢差爷,甭说吃酒,就是留宿也包在我们身上。"

"还有……"

"姑娘请说。"

"这几位都是有公职在身,任务虽已完成,但也不便明着上你们花船消费,银子我已付了,你让姑娘们儿找个幌子把他们迎上船,好生伺候。"

鸨母虽觉怪异,但也点了点头:"听姑娘的。"

少顷,鸨母招来美人们仔细嘱咐,得了指令的美人们摇着团扇纷纷提裙下岸,朝着食肆漫步而去。

那日追捕犯人匆忙,差役出衙门时来不及准备干粮水囊,一道上为了围堵哭丧人已是又饿又累,如今到了食肆,痛饮后熬了整宿,已是困乏至极,一个个瞪着眼睛干挺着,不敢歇息片刻。

侯老爷子交代的活,他们岂敢糊弄。

然而,苦守在食肆大门的差役正欲转身进院,却见门口进来一位如花似玉的美人绊倒在门槛边。

眼疾手快的差役立时扶了一把,哪里想到美人娇喘着,身子骨顺势倚进差爷的怀中,柔声细语尽是委屈:"奴家崴了脚,走不动了。"

没料到会有美人投怀送抱,待他仔细端详起美人,才发现竟是容色晶莹如玉,桃腮带俏,朝着他盈盈一笑,魂都仿若被她勾了去,差爷一时间被迷得七荤八素,结结巴巴自语:"这……

这可如何是好？"

话音刚落，又有几名美人攀上其他差爷的手臂奉承起来："奴家打眼一瞧，就晓得几位差爷是个好官，不嫌弃我们姐妹的出身还愿意帮扶一把。"

"差爷们儿若不嫌弃就到花船暂做歇脚，咱们姐妹们也好略尽薄酒，答谢差爷相扶之恩。"

花船二字瞬间令差爷明悟，怀中淡淡馥郁芬芳的香气氤氲鼻息间，一时间只觉得喉咙滚动，心痒难耐问了句："这银子……"

美人立时揽上他的脖颈，晃悠道："谈银子多伤感情，咱姐妹们不过是想感谢差爷才备至一桌子酒菜款待，莫不是差爷连这恩情都不肯领受？奴家真是羞愧。"

这一晃，当真将差爷的心都晃得酥麻了，盛情难却，止不住就要点头承诺，人群里突然有人嘀咕了句："我们尚有公务在身，可不能喝酒误事。"

见差役们心生犹豫，美人不由得掩嘴一笑："奴家就知道差爷执法严明，实不相瞒，我们姐妹们俱是受了侯老爷的吩咐，前来伺候诸位爷，差爷就莫要推托了。"

队伍领头的差役听得一愣一愣："什么，真的？"

美人将身子骨贴得更近了些，在差爷的耳根子呼出一口气，媚笑连连："那还能有假？客人连赏金都一并付了，说是犯人已经押解返城，就不劳差爷们儿耗费心神。这不，奴家才有机会好好伺候差爷，上头特意嘱咐，这席间定要伺候得差爷身心舒坦。"

立时就有差役信了这话，毕竟除了侯玖屏，还有谁知他们收了银子匆匆赶来缉拿哭丧人？

"真不愧是侯老爷子,想得真是周到。"

"头儿,您说呢?不是侯老爷还有谁会花大价钱请咱们登船吃酒?"

美人软玉温香,哪个男人能抵挡得住,这一道上原就少眠忧思,领头差役霎时败下阵来:"你们说得有道理,码头还有三名弟兄,我们先登船吃酒,差个人唤他们上船。"

如今花船上备有美酒佳肴,他若还想不开拒绝侯老爷的好意,岂不是傻子?

登船听曲搂美人,实属美事一桩。

说罢,便将怀里的美人打横抱起,径直奔向停泊在码头的花船。

少顷,码头三名差役亦是毫不犹豫搂着美人登上画舫。

潜伏在暗处的马彪瞧见众差役被支开,他不由得朝言笑笑竖起大拇指:"你这'美人计',高!"

言笑笑也不含糊,轻挑眉梢,大方接受了他的赞美:"那是!"

然而话音刚落,她又似想起了什么,嘱咐道:"通知赵老二他们乘坐下一艘船,上岸后再会合,以免生了变故全军覆没。"

"有理!老子去去就来。"

"我也随彪哥同去,看看能否帮上什么忙。"王娇自然而然跟了上去,并排着同马彪有说有笑,仿若两人这一夜历经生死,突然间生出了某种默契。

你情我愿的男女之事,言笑笑一介外人也轻易说不得,只是不知这对半路鸳鸯能否开花结果。

躺在棺材里的周夙难得不吝夸奖:"现学现卖,孺子可教。"

言笑笑一把推开棺材板,不忘拍起马屁:"说到底还是师父教得好!"

他眼皮子抽了抽,不愿搭理她。

瞧瞧,说翻脸就翻脸。

还好她哄老人家最是拿手,就不信他不收自己为徒!

言笑笑从袖子里取出一个油纸包裹的物件,笑吟吟地邀起功:"瞧瞧我给您带了什么?"

隔着油纸仍能闻到阵阵香气四溢,周夙估摸了下码头边热气腾腾的吃食,毫不犹豫回答:"肉包子。"

"还是官爷厉害,什么都瞒不过您!"

她揭开油纸,一个个玲珑小巧的白胖墩呈现在他的眼前,令人食欲大开,"想来那几块糖糕没能填饱您的肚子,所以买了盒小笼包,您且尝尝。"

周夙只咬了一小口,汤汁混淆着肉糜,裹着香气慢慢溢在嘴中,口感绵软,油而不腻,赞道:"味道不错。"

见他一连吃了两个,言笑笑终于放下心来:"那是,我瞧着那家铺子蒸笼垒得比人高,每日里买的人必定很多,绝对味正!"

他挑了挑眉,不禁微微扬起嘴角,吃了点热食心情舒畅,看着眼前的笑笑越发顺眼起来。

"看我对您多好,这脚踝都还没好,仍不忘记排队给您买吃食垫肚。"

言笑笑扶着棺材板,眼巴巴地望着他,就差没摇尾巴了。

是吧是吧,收我这徒弟不亏!不顾伤痛仍记得孝敬您!

周夙读懂了她的意思,动作一滞,随即将油纸揽进怀里,语气凉凉地道："本官瞧你这副生龙活虎的模样,也晓得你这腿伤没有大碍,自然不用操那份闲心,这吃食本官且收下了。"

说罢,棺材板一合,让她吃了个闭门羹。

"你!"言笑笑气急败坏地道。

这人礼收了不说,还摆起谱!

不多时,马彪安排妥当后与言笑笑碰头,他雇了脚夫将棺材运上船,潜伏在暗处的三人确定无人窥视埋伏,方才故作彼此不识地分批登船。

漫长的等待后,终于扬帆起航,言笑笑望着夹岸上的水杉渐行渐远,紧绷的心绪彻底松懈下来,春风满面地沐浴在温暖的阳光下。

天高海阔,任她翱翔,前途万里,诸事顺遂!

让她好好倚着栏杆小憩一会儿,入了京即可大快朵颐!

然而,变故总是在人卸下防备时悄然临近,船驶不远行至湖泊正中央,本还端着茶水笑脸相迎的和蔼壮汉,突然擒住她的手肘,打得人措手不及。

马彪骤然变色,"噌"地站起身来,他尚且来不及做出反应,身侧三人蓦然堵在跟前,蓄势待发。

他目光落在搭在言笑笑脖颈处的匕首,丝毫不敢冒进。

完了,上了贼船。

这是言笑笑脑海里的第一个念头,虽然她料想自己敌不过,但是早些觉察至少还能挣扎下,不似这般任人宰割,于是她忙不迭讨起饶来:"大哥,小女子与您无冤无仇,用不着直接亮刀子吧?若是劫财,小女子倒是十分愿意自觉奉上全副身家,绝不敢叫您费神。"

哪里想到壮汉自报家门,压根没想过同她扯嘴皮子:"哼!破坏龙王祭的账你说算不算无冤无仇?此刻龙女还与你们同行,别想糊弄我说不认识!"

听见这话,她只有一个念头,完了,讨债的又来了。

刚刚彻底甩掉侯玖屏的人马,怎么半道又杀出龙王祭的信徒?

还早早谋划一出瓮中捉鳖。

此时真是叫天天不应,叫地地不灵。

在这河道最宽处莫说逃跑,但凡跳入河中多半就是淹死的下场。

言笑笑干巴巴笑了两下,不管敌人信不信,首先自己要相信,她信誓旦旦道:"龙王祭这事,我也可以解释一二。"

"呵,你以为老子还会信你?有这功夫你不如想想怎么跟祭司大人交代,不过那位大人现在唯一的儿子快要病死了,又被你们这些人气得不轻,你们还是准备好浸猪笼吧!"

听见这话,言笑笑迅速扬起脑袋抗议:"我抗议!浸猪笼是对付不守妇道的女子,跟我有什么关系?"

"闭嘴!话真多,给我捆上!"

被三名壮汉围堵的马彪自顾不暇,现又见到对方将刀架在王娇脖子上作为要挟,他目眦欲裂,只好妥协,束手就擒。

被五花大绑的三人背靠背捆在柱头上,晾晒一旁,王娇何时见过这种阵仗,早已吓得花容失色。

马彪瞧着身旁的美人泣涕涟涟,心已软下三分:"别害怕,有老子在,你一定不会有事的。"

"嘤嘤嘤，彪哥你对我真好！"

死到临头还能被撒狗粮，言笑笑目瞪口呆，禁不住心底叹息，这两人果真是天造地设的一对。

趁着信徒不注意，言笑笑抓紧时间问道："得想想是否有化解危局的法子？"

马彪还算冷静："现在最重要的就是拖延时间，等赵老二他们来救，老子倒是想到一计，只是要先见到他们说的那位祭司大人。"

见祭司大人？

这是要与对方谈判？

可是马彪哪儿来的筹码？

言笑笑还想再问，马彪却别开目光，轻咳一声："呃，此计说出来便不灵验，你们只等老子的好消息就行。"

不消多时，转航的船舶很快抵达目的地，刚停靠码头，马彪突然冲着信徒们一声大喝："差个人去告诉你们祭司大人，说老子有办法治他儿子的顽疾！"

众龙王信徒俱是心神一震，立时有人表示怀疑："就凭你？莫要告诉我，你还懂得岐黄之术？"

马彪头颅仰得高高，不屑与此人对话："能否救人是老子的事，你只需通传即可。"

"怎的，不愿意？"

"老子告诉你，那可是你们祭司大人放在心肝上的独子，若是老子真能治，你们却耽误了禀报时间拖延病程，到时祭司大人怪罪下来，老子看你们谁能够担待得起？"

这一通高帽压下来，众龙王信徒再无一人敢反驳，讪讪使了个眼色，便有人匆匆赶去上报。

果不其然，不消多时，祭司风风火火赶来，虽刻意维持仪态，脸上翻涌的红润气血仍是掩饰不住心底的焦急迫切："谁说有法子治我儿的病症？"

见信徒们将齐刷刷的注目礼投在马彪身上，祭司冷凛着面容警告道："你最好给我说的话句句属实，倘若让我发现有半句虚言，就不是浸猪笼这般干脆，我会叫你生不如死！"

这通威慑力很管用，马彪咽了咽口水，硬着头皮迎难而上："祭司大人不妨先听在下说完再质疑。"

祭司一甩广袖别过脸，"哼"的一声嗤之以鼻。

看他同意了，马彪朝着旁边的信徒喊道："先给我们松绑！"

马彪得了自由身后，忙对着祭司笑脸相迎："借一步说话。"

言笑笑揉搓着手臂上被麻绳勒出的红印，满怀好奇地直勾勾盯着离去的两人，只恨不得跟上去偷听。

祭司虽忧心儿子，却也不是全然信任马彪，带着两名侍卫与他站在船尾空旷处仔细商议起救人一事。

"说吧。"

成败一念间，此番谈判关乎三人身家性命，绝不能输！

马彪一脸真诚，努力让对方卸下防备："在下听说令公子病急势重，突然想起了一个老法子——冲喜，就是让新嫁娘伺候公子，这样就可以达到驱邪还阳的作用。"

听完这话，祭司果然愣了愣，一拍脑门恍惚道："冲喜，我怎么忘了这事。"

若是新儿媳真能替吾儿生下一儿半女，那也算后继有人。

马彪悄悄地长舒了一口气,总算没猜错,人尚未娶媳,真是天助我也。

"想必祭司大人现在一定想着,时间紧迫,去哪里找个旺夫命的儿媳妇?"

这话说到祭司心坎上了,虽然他不愿承认,可是现实摆在眼前,寨中有头有脸的好姑娘绝无一人甘愿嫁给病入膏肓的儿子,指不定今日入了门,明早就要守寡。

再说,他私心里想,儿媳妇生是他们家的人,死也埋入他们家的茔,绝不许出现改嫁之事。

这就更难办了。

马彪看着他的脸色,迅速揣摩出他的所思所想,接过话茬子:"在下就知道祭司大人缺这么个人,所以贴心地给您送来了。

"请往这边看,看见没,站在木桩边鹅蛋脸的姑娘。"

祭司迟疑道:"她?"

将言笑笑自上而下仔细打量后,祭司禁不住评价:"有点瘦,能生吗?娶妻当娶贤,这姑娘穿着一身素裙还掩不住姿容,是不是过于美艳了?"

马彪登时一噎。

您真是慧眼如炬!

可惜这话他不敢附和。

"哪里美?分明是平庸之姿!"

不远处的言笑笑感受到了二人打量的目光,努力地挤出一个笑脸。

"小人知晓几分面相,您仔细看,她那脑门额际丰盈既宽又阔，明润方圆！这是上天赐予的富贵，极品！"

见他竖起大拇指，祭司眯着眼帘仔细探究，随即点头附和："这叫天庭饱满，我懂我懂！"

"再观她的下巴，腮骨宽广却骨相适宜，鹅蛋脸的弧线平、长、美、圆，这叫富贵吉祥，能镇得住宅！"

"哦！哦！地阁方圆！我听过。"

马彪一拍巴掌，赞叹："对！"

"重头戏是她的眼角奸门，饱满透亮，没有见丝毫凹陷秽痣，眼窝下的颧骨圆润包肉，又平整无刀，这是对丈夫最好的助力！"

"俗称那句，旺夫？"

"在下就晓得祭司大人是个明白人！"

"瞧瞧她那双杏眸，真是我见犹怜，楚楚动人，清澈得仿若一汪清泉……"

祭司很是感慨："是呀！多好的姑娘，我刚才怎么就没看出来呢？"

"那您还犹豫什么呀！赶紧替令公子做主，把她娶进屋子里伺候着，保管明日一早令公子就精神抖擞，来年添丁进口！"

直点头的祭司突然质问一句："你的小嘴这般甜，还给我送来了儿媳妇，让我一时间不好寻个理由将你浸猪笼。"

马彪呵呵笑了两声，继续谄媚道："大喜日子，喊打喊杀多晦气。"

"话虽如此，可你们犯的事太大，我若抓了你们再将人给放了，那龙王大人会降罪于我，到时牵连无辜民众可就不是我担待得起的，不将你的人浸猪笼，不足以平民愤。"

"要不这样，还是将龙女献祭龙王，如何？"

马彪大惊,蓦地一慌,强迫自己镇定,如今到了关键处,可万万不能掉链子!

怎么办?

怎么办?

他余光从言笑笑身侧匆匆扫过,视线落在棺材时,他瞬间瞪大眼珠子,脑子如醍醐灌顶一般:"这样!祭司大人要给百姓一个交代,在下现有个两全其美的好法子!"

"哦?你且说说。"

"瞧见夹板上那口棺材没?那是旱魃!"

祭司大惊失色:"什么?!"

"别慌!传说中但凡旱魃现世,未来数年,此地必定干旱,到那时颗粒无收,光景惨淡,将是饿殍遍野,瘟疫横行。"

"那真是旱魃?"

"当然是真的,你没看见棺材上用黑狗血绘的符咒?那是圣僧所绘,专为镇压旱魃,做不得假!你若不信,差人开棺验证,看看那具尸体是不是死后不僵,僵而不腐!"

眼瞅着目瞪口呆的祭司彻底说不出话来,马彪再接再厉忽悠:"眼前就有个解救世人的法子,为何要舍近求远,献祭龙女祈求龙王庇佑?只需将旱魃绑在岸边暴晒数日,最后焚烧尸骨,必能降雨!"

祭司怎么没想到传说中典籍记载的焚烧旱魃求雨的故事!

祭司拍板承诺:"好!就照你说的办!"

"大人英明!"

说罢,马彪又从怀里迅速掏出三张贴过周凤脑门上的符纸塞进祭司手心:"为表诚意,在下再送你三道百解符!瞧见没,这乃大衍道人亲绘，可驱邪避祸！大人拿回去贴在公子床头，待加持冲喜后，保管令公子回阳！"

"好的！好的！都听大师的。"话音未落，祭司立刻就将符纸揣进怀里。

这厢相谈甚欢，始终关注谈判的言笑笑倍感诧异，两人谈判，为何祭司时不时用余光瞥向她的方向？

起先祭司还流露惊讶，渐渐地眉开眼笑，满意得直点头，那热切的眼神叫她直犯嘀咕。

这……这究竟几个意思？

看她作甚？

总不能惦记着让她伺候这半副身子埋进黄土的老人吧？

想到这儿，她心里猛地一沉。

怪不得马彪不敢将计划仔细说与她听，合着是想将她卖与对方做小？

这天杀的，若真如此算计她，即便拼了这条命，也决然不会让他称心如意！

少顷，言笑笑看到双方似乎谈妥了，对于各自开出的价码都非常满意的样子。马彪眉开眼笑地返回，小声邀功："行了，咱们暂且保住性命，只需按照原计划拖延时间即可。"

顿了顿，他欲言又止似的，对言笑笑说道："仙姑，待会儿你随祭司大人走一趟，我与娇娇会被安置在别处，待时机成熟，我与赵老二他们会合，自会悄悄地解救你离开。"

言笑笑皮笑肉不笑地瞪了他一眼："呵！你当我三岁小儿？"

他若是同赵老二逃了，还有她什么事？

因顾忌王娇，这句话她终是没有说出口，给马彪留下最后的脸面。

接收到她恶狠狠的眼神,马彪仍是瞧出了弦外音,瞬间有些心虚:"这话从何说起?"

她冷哼一声,再不留情面,语气暗含威胁:"你敢当着祭司的面与我对峙?"

"对峙?当然不行!我都与祭司谈妥了,关键时刻你可万万不能掉链子!到时候连累我与娇娇……"

马彪的话音未落,即被她匆匆打断:"我掉链子?你怎么不说卖了我才得以苟延残喘,我难道还要感恩戴德替你数钱?"

"嘘!嘘!小声些。"

还敢叫她小声些!

果然是她想的那样!

这过河拆桥的小人,亏言笑笑始终相信他良心未泯,是个有原则底线之人!

殊不知,大难临头,他翻脸比翻书还要快,顷刻间便暴露本性!

祭司见双方争执得面红耳赤,好奇地走近,看到两人瞬间收声,他走上前,突然捏住她的下巴,迫使她高仰起头颅:"你叫笑笑?好名字,灿烂明媚得很。"

他近距离仔细端详她的面容,只觉得越看越满意,禁不住赞扬:"人也生得好,天庭饱满,地阔方圆,颧骨圆润,眼神清澈,一看就晓得是个旺夫命,我瞧着甚是欢喜……"

一把年纪了还妄想老牛吃嫩草!

"再瞧这浑身上下,该凹的地方没多几两肉,该凸的地方又是丰盈肥满,必定能生养!"

马彪竖起大拇指，连连称赞道："对！祭司大人真是慧眼如炬！"

一个未嫁人的姑娘，被一个老男人评头论足，即便身陷囹圄，言笑笑亦是抑制不住心底的愤慨，清脆的"啪"的一声，一个大耳刮子甩了过去。

马彪被打蒙了。

见马彪缓缓回过头，不可置信地瞪着自己，言笑笑更羞更怒。

这杀千刀的，还敢用眼神同她倾诉无辜！

不是他从中作梗，她会被卖给一个老男人做妾？

又伴随着"啪"的一响，马彪整张脸被彻底打得偏向一侧。

马彪紧握拳头，青筋尽显，他努力控制好怒火，颤颤巍巍抬起手："够了！打人不打脸！再打，老子便还手了！"

言笑笑咬牙切齿怒吼："你给我留脸了吗？"

见她毫不犹豫扬起手，马彪迅速变脸："别闹了！你若还生气，要不打老子右脸均衡一下？左边肿了！"

言笑笑注视马彪左脸上火辣辣的五指印，一时相顾无言。

可她就是咽不下这口气！

瞧着自个儿左手也肿了她正打算扬起右手给他均衡一下，就看到身边的祭司一脸古怪，狐疑地开口道："这便是你说的旺夫？"

"呸！"言笑笑一甩脸色，尽是愠怒，"做你的春秋大梦，本姑娘即便一头撞死，也不伺候你！"

"我？"祭司恍然回神，"气性怎么这般大，伺候我就不必了，我原本是想让你伺候我儿子。"

言笑笑顿时一愣，很是错愕："你儿子？"

那个病入膏肓半截身体埋入黄土的病秧子？

她一时没反应过来,便瞧见马彪不断同她使眼色,瞬间明悟,合着是想让她与病秧子成婚,拖延时间等待救援。

刚刚她一时嘴快没把持,迅速抢救发言:"哦哦,那还是可以商量一二。"

轻飘飘的一句话传进周凤的耳朵里,面色瞬间一沉,恨不得即刻冲出去敲响她的木鱼脑袋。

商量?商量什么?

她还真打算嫁给那病秧子?

祭司皮笑肉不笑,凉凉地说道:"可你这般泼辣,我怕吾儿矜贵的身子挨不住你一个大耳刮子。"

言笑笑掩嘴一笑,立刻端起贤淑的模样,捏着嗓音娇滴滴说着:"哪的话?小女子自幼熟读女诫,乃贤良淑德的典范!"

祭司莫名地嘴角抽搐,噎了一噎,说起实在话:"没……没看出来。"

紧捂左脸的马彪适时提醒:"天庭饱满,地阔方圆,颧骨圆润,眼神清澈……最主要回阳。"

瞧着他挤眉弄眼的模样,祭司又考虑了一会儿,终是妥协:"行吧,既然言姑娘也是心甘情愿,那便好生拾掇一番,准备伺候我的宝贝儿子,免得吾儿见了你这副狼狈模样,不愿与你成婚,那我就只能将你们三人浸猪笼。"

说罢,祭司朝着船上一名妇人招了招手吩咐一声:"去,派人采办好婚服送至此地,然后带未来少夫人入船舱,仔细拾掇好。

"另外吩咐下去,今日午时寨子里要办喜事,新娘于此地出嫁,婚事虽然仓促,却也要尽善尽美。"

信徒们高呼:"是!"

言笑笑还未来得及说什么,祭司已然带着人风风火火离开。

说好的商量一二?

怎就成了择日不如撞日,即刻完婚?

言笑笑陷入了自我怀疑。

她就被卖了?

心甘情愿被卖了冲喜?

见人走远,马彪瞄了一眼言笑笑,见她神色和缓,两人间再无剑拔弩张之势,便禁不住自吹自擂起来:"你看,老子说这法子好使,你还不信!"

言笑笑嘴皮子一扯,似笑非笑,看得他心底直发虚,她才开口嗤道:"又不是让你冲喜洞房,你当然说得轻巧!"

哪里想到马彪一挑眉梢,不痛不痒陈述:"那病秧子难道还能吃了你?即便入洞房,也是有心无力呀!小不忍则乱大谋,听我的,眼一闭就天明。"

瞧瞧这说的是什么话!

那可是关乎她一辈子的名声与清誉!

虽然她连哭丧的活计都接了,还有什么名声可言,可庄夫子若是知晓她就不清不楚同人拜堂成亲,非要气得将她踹出家门。

言笑笑虚晃拳头,真想一拳砸死这痞子!

那两个大耳刮子还是打得太轻了!

若非他想这一出冲喜的戏码,她会骑虎难下?

眼瞅着两人大眼瞪小眼,王娇赶忙站出来打圆场:"笑笑,确实太委屈你了,即便是假冲喜也有损女儿家名节,要不我们再想想其他法子,先行自救?你看如何,彪哥?"

然而马彪尚且来不及回应，一名侍卫朝他们走来，对方转过头对下人吩咐一声："将这一男一女带进内舱严加看管，都给我好生守着，今日若是出了纰漏，就莫要怪我不留情面。"

"至于少夫人，另外安置在上等厢房中，一会你们取了婚服赶紧伺候少夫人更衣。"

王娇紧紧拽着言笑笑手臂："怎么办？"

事已至此，王娇留在身边反而危险，言笑笑迅速朝着马彪使了个眼色，反而故作轻松地宽慰起她："莫要哭了，我没事，放心跟着马老大去吧。"

得祭司发话，下人们不敢怠慢言笑笑，除了留下侍卫值守，马彪与王娇待在四面无窗的内舱房，言笑笑居住在甲板上，厢房周围的男性全部退下船，以免扰了新嫁娘。

反倒搁置在甲板角落的棺材，全然被人遗忘，周凤听着周遭喧嚣尽褪，眉头一皱，这艘船半道临时改变行径路线，不知蓦然断了线索的暗卫现在何处？

然而不一会儿，嘈杂声又在他的耳边响起。丫鬟提着沉甸甸的水桶，忙碌地往返言笑笑所在的厢房。

他直起身来，透过小孔，正好瞧见下人送来的嫁衣，这袭如焰色般熠熠生辉的衣裳，在他眼里竟觉得分外刺眼。

忽地，狂风乍起，虚掩的厢房大门骤然大敞。

匀称白皙的玉足缓步迈下台阶，浑身湿漉漉的言笑笑出现在他眼前，她迎风瑟缩着，抖了个激灵："唔，好冷……"

"快！快给少夫人披上衣裳。"

素手捋了捋被风扬起的发丝，言笑笑眉梢轻蹙，紧紧捂着胸前的薄纱，直至丫鬟替她披上罗衣，方才觉得舒缓两分。

大门再次匆匆紧闭,投在窗棂上的倩影似毫无所觉一般,褪下薄纱,朦胧模糊的影子尽显婀娜妖娆,娉婷袅娜。

周夙禁不住滚动喉结,迅速别开目光。

丫鬟们仔细服侍言笑笑穿上鸳鸯锦绣石榴嫁衣后,方才徐徐推开大门,凉风穿堂,呼啸而过。

被风肆虐的青丝凌乱地飞舞着,言笑笑随意抽出发髻上的木质梅花钗,墨发霎时犹如瀑布一般洒落而下,丫鬟熟练地以手当梳,重新替她挽起发髻,方才揭开脂粉盒,准备描眉画靥。

自幼混迹市井的言笑笑何曾被人伺候过,她有些受宠若惊,心里暗暗赞叹这些丫鬟心灵手巧,蕙质兰心。

起先她还有些拘谨,不过一会儿,渐渐适应后便觉得身心舒缓至极,她合上眼帘,稳坐矮机中,享受着片刻安宁,嘴角也忍不住微微弯起。

周夙将她的表情变化尽收眼底,只觉得一口气堵在胸口。

明知是为了拖延时间配合演的一出戏,可她的神情却如此欢愉,仿佛对于自己被卖了这事并不在乎。

事关名节,她怎能如此草率应承?

难道她根本不在乎嫁给的是谁?

言笑笑坐在矮机中快要睡着了,直到丫鬟替她戴上凤冠,听到她们嬉笑称赞的声音,方才缓缓睁开眼帘。

"少夫人真是个美人坯子。"

"待少主揭开您的盖头,瞧见美若天仙的少夫人,还不欢喜至极,到时指不定病就痊愈。"

"我记得有句诗形容美人最是贴切?容我想想,对了!云鬓花颜金步摇，芙蓉帐暖度春宵！"

"哈哈哈！我也记得后半句！春宵苦短日高起，从此君王不早朝。"

"你们一个个的莫要打趣少夫人，瞧瞧，少夫人的小脸都羞红了。"

"先恭祝少夫人与少主白首齐眉。"

话音刚落，一只黑白相间的鸟儿落在栏杆上，率先瞧见的丫鬟抑制不住兴奋道："哎哟！快看，是喜鹊，来报喜了！真是个好兆头！"

人靠衣裳马靠鞍，换上华服的笑笑气质都变淑女了，她端坐着，市井气全无，仿若真是世家大族教养出的小姐。

周夙竟再次看呆。

忽地，丫鬟高呼道："行了，吉时已到，拜堂可万万不能耽误，快搀扶起少夫人下船登花轿。"

"慢点，扶着少夫人！"

"可万万不能出了纰漏！"

丫鬟的催促声伴随着略带混乱的脚步渐行渐远，周夙脸色越发冰冷。

她真的要与人拜堂成亲？

这厢周夙仍在郁结，缓缓登船的侍卫突然一声大喝，打断了他的思绪。

"这副棺材怎么还扔在角落里？大喜的日子，真是晦气！赶紧处理了！"

"先才祭司大人有吩咐过，只是怕扰了少夫人，这才迟迟没敢派人登船，我们这就处理。"

"里头躺的可是旱魃,你们将棺材抬到无人的河岸边,然后用铁链捆缚,待暴晒几日,再请示祭司大人焚烧祭天。"

"旱魃?这……这怎么可能?"

"刚才马姓大师同祭司大人亲口所言,绝对作不了假。"

"那我们赶紧照办。"

这番对话一字一句落在周夙的耳朵里,本就沉郁的心情此刻已经濒临爆发。

这群愚蠢至极的信徒,竟然相信旱魃这种荒诞之说?

等他回宫后,必须立即根除此等民间陋习。

言笑笑前脚刚迈下船,喧闹的人群里立刻燃起爆竹,噼里啪啦的火光似如花瓣一般纷扬洒落,"嘭"的一声巨响骤然惊吓到丫鬟捧在怀中的公鸡,"喔喔喔——"几声嘶鸣,大公鸡振翅高飞,扯着霹雳般的嗓门到处窜逃。

"别跑了,少爷!"

"我的祖宗!不要再跑了!"

"快拦下,飞轿子上了!"

盖头下的言笑笑听到外头的混乱,有些无措,一时间迎亲的队伍乱成一锅粥,健壮的大公鸡扑棱着翅膀飞到她的跟前,丫鬟猛扑过去,将它捆在怀中。

"可让奴婢逮着你了!我的祖宗,你跑了,奴婢上哪儿再去寻只大公鸡顶替你拜堂!"

言笑笑再是迟钝也听明白了,她掀开一寸盖头,看着那只被唤作少爷的大公鸡,瞬间蒙了,难以启齿地问:"少爷是这只鸡?"

丫鬟不断捋着鸡毛,没听出她的弦外音,如实应答:"对呀！少爷病重如何下得了床？少夫人自然是要同它拜堂，奴婢特意给它梳了好一会，少夫人看，可光亮了！"

听到这个答案，言笑笑仍不可置信："我要同只大公鸡拜堂成亲？"

这简直就是天方夜谭！

现实却没有人听她倾诉抗议，丫鬟迅速将人塞进花轿，大手一挥，唢呐炮仗开道，迅速将她送入新房。

"快看，新娘子来了！"

趴在墙头上的百姓禁不住掩嘴交头接耳起来：

"我的天啊！你瞧见没，前去迎亲的新郎官，竟然是只公鸡。"

"欸！瞎说什么大实话！人家可是祭司大人的未来儿媳，莫要嚼舌根。"

"那是，咱们寨子里未来的当家主母，一不小心得罪了，将来没有好果子给你吃。"

"听说这冲喜的法子是位大师传授，就不晓得是否灵验。"

"灵验与否瞧着不就晓得了，据大夫说，府中少爷已是弥留之际，也就这两日的事。"

"嘘！小声些，人家大喜的日子，你咒人做寡妇，不是犯人忌讳。"

"是，是！我自掌嘴三下。"

…………

若说言笑笑应承冲喜是忍辱负重，为了拖延时间逃命，现下被逼迫同一只大公鸡拜堂，心底自是羞愤难当。正当她迟疑不决时，司仪骤然开口："请新郎新娘一拜天地！"

旁边的丫鬟见言笑笑迟迟未有动作，猛地推她后腰，小声警告:"少夫人,拜堂了!"

朝着宾客堆砌着假笑的丫鬟咬牙切齿,丝毫不见梳妆时的温柔,再次告诫她:"好好拜了堂,你就是祭司大人的儿媳妇,是受人尊敬的少夫人,不然就不是让你浸猪笼那么简单!"

言笑笑双手藏在袖子里,紧握成拳,庄夫子自幼教导她的话语不断回荡脑海,振聋发聩:

"不降其志,不辱其身。"

真的要为了苟活于世,节气皆可抛?

周遭的窃窃私语,时不时地传进她的耳朵里,让她方寸大乱,本来就不坚定的心,此刻更是游移不定。

正当她骑虎难下之际,内院骤然传来惊惧的呼喊:"不好了!少爷从躺椅上摔下来,快不行了!"

"什么!"祭司"噌"地从椅子上站起身,急急质问,"怎么会不小心摔下来?"

丫鬟亦是急了,仓皇催促:"赶紧拜天地!送入洞房!"

祭司把丫鬟一把推开,拽着言笑笑的手腕就往洞房里走:"即刻跟吾儿入洞房!吾儿若是死了,你就等着殉葬!"

罩着红盖头的言笑笑一路被拖着,跟跟跄跄地到了后院。

祭司大怒:"你们这群狗东西,怎么看护少爷的?竟让少爷摔下躺椅?"

值守的小厮吓得脸色青紫:"禀报大人,是有人踹了少爷一脚,少爷才会摔倒。"

"说!到底怎么回事?"

小厮猛地吸了口气:"先才奴才在内屋伺候少爷服用完参汤,少爷直念叨着很快就能见到少夫人了,下人们都说少夫人是个美人。"

"少爷心底高兴,脸色今儿还多了几分红润,便吩咐奴才将他移到院中好等着少夫人进门,这样也能即刻迎少夫人入洞房。"

"谁知道少爷本来倚着躺椅正惬意地晒太阳,突然心血来潮,让奴才取来地窖中的鹿茸酒,奴才这不刚拿酒回来,就看见一人窜出高墙,再回头就发现少爷已经摔下躺椅,不省人事了。"

"祭司大人,奴才没说谎,少爷后背还留有犯事贼子的脚印!"

听完这话,祭司早已气得脸色发青,他瞧着怀里的独子,满脸脏污,神志不清,心中一阵绞痛。

"胡闹!少爷胡闹,你也跟着他胡闹?他是能喝酒的人?竟然不识轻重,将少爷独留院中!来人,给我将这狗奴才拖出去,杖毙!"

吓破胆的小厮腿一软,伏跪在地:"祭司大人饶命!饶了奴才一条狗命,奴才再也不敢了!"

眼瞅着祭司真的动怒,立刻有人上前劝解:"祭司大人,今儿大喜的日子,少爷这还昏迷不醒,依小的看,就先饶了这狗奴才,免得血腥味冲撞了少爷。"

果然,祭司顾忌独子被小厮的亡魂冲克,只好饶了他:"死罪可免,活罪难逃,拖下去重打!"

这一耽搁,大夫才匆匆赶到,为安置于内室昏迷不醒的少爷扎完针,见人悠悠转醒,他方才松了口气:"没事了,令郎身子骨虚,经不起摔,这才导致晕厥,如今人没事了,我给少爷开个方子。"

"去吧。"

见人睁开眼帘,祭司忙握住他的手激动不已:"凤儿,你可忧心死爹了!现在感觉如何?有没有觉得哪里痛?"

然而躺在床上形容枯槁的男人没有理会祭司的话,反倒直勾勾地盯着一旁身着嫁衣的姑娘,将人自上而下打量了遍,随后用着破锣般的嗓音中气不足唤道:"过……来。"

"夫君"打量她的时候,言笑笑也毫不客气地打量了他一番。此人颧骨高耸,双颊严重凹陷,看着就病入膏肓,灰暗的双眼竟还有几分色意。

言笑笑大胆猜想,此人平日里定然没少祸害姑娘,说不定就是因为作恶太多才导致肾亏,病入膏肓!

"少夫人傻愣着作甚?少爷在叫你呢!"丫鬟将她往前使劲推了推。

祭司顾不上儿子欣赏美人,颇为恼怒地追问:"凤儿,你可记得害你的人生得是何模样?"

病秧少爷转了转眼珠,终于缓回神。

意识到先才发生的一切,他突然激动起来,似孩提般嗷嗷大哭:"父亲!您要替孩儿做主呀!"

"有贼子胆敢谋害孩儿!"

"究竟是谁如此胆大包天?"

"孩儿没瞧见人,只是在院里乘凉时觉察到后头有人,正要回头,听见那贼子嗤笑一声,按着我的脑袋径直砸向地上,还踩着我的后背说我没命享福。爹呀!您一定要抓住贼人,将他大卸八块丢海里喂鱼!"

"你安心休养,爹定会替你报仇!"

今日忽闻要做新郎官,本已奄奄一息的燕凤回光返照多了几分精神。他的目光停留在言笑笑的脸上,心中有几分欢喜,情不自禁嘱咐:"娘子真漂亮,孩儿若死了,爹记得让她给孩儿殉葬。"

言笑笑瞪大杏眸,满脸不可置信。

真是语不惊人死不休!

那贼子怎没将他直接踹死!

哦,不能死得这般快,否则还得让她殉葬!

祭司点了点头,哄慰他道:"好,都听你的,爹记下了!"

"你先养足精神,别想晦气的事,爹还等着抱孙子呢。"

到底是刚被踹倒体力不济,床上的燕凤说了两句又半昏半梦起来。

"来人,伺候少爷稍作休息。"祭司冷脸吩咐。

过了一会儿,等到床上的人儿呼吸均匀,已然熟睡。祭司斜睨了眼站在床脚的言笑笑:"听见了?若是你的夫君有个好歹,你就跟着殉葬!给我仔细照顾,容不得半点分心。"

小不忍则乱大谋,言笑笑屈膝行了个礼:"妾身知道了,一定尽心竭力照顾好夫君。"

"算你识相!"说罢,祭司不再久留,匆匆行至院内。

小厮立刻迎了上来,小心翼翼地请示道:"院子里还要留下人手看管少夫人吗?"

祭司大手一挥:"撤了吧,寨子外围全是守卫,她一介弱女子也跑不到哪儿去,何况船上还囚禁着她的朋友。"

顿了顿,他似又想起什么,告诫道:"以后她就是少夫人了,吾儿的命拴在她身上，对她也礼貌些。"

"是，奴才这就嘱咐下去！"

身心疲惫的言笑笑坐在内室中的椅子上，单手撑着脸颊闭目小憩，忽然突兀的"咕噜"声打破沉静。

她蓦然睁开眼，瞅了眼窗外略微昏暗的天色，方意识到已渐日暮时分，恍惚呢喃一句："完了，官爷肯定还饿着肚子。"

她"噌"地至椅子上站起身来，看了眼名义上的"夫君"燕凤，确定他毫无醒来的迹象，便头也不回地朝外走去。

第五章

敬天

初夏的微风轻柔飒爽地拂过树梢，泊在岸边的船只暴晒在骄阳下整整一日，四面紧闭的内舱就已似蒸炉般热得人喘不过气。

大汗淋漓的马彪不时以手抹去额际上豆点大的汗珠，浑身湿漉漉地从水中站起来。

王娇看在眼底，心里止不住揪着发疼。

自从昨日他从天而降，在龙王祭中救下自己，一路贴心照拂，若说她没有心生好感，那定是自欺欺人。

今时两人被迫困于狭小的船舱里，也是蒙受他无微不至的照顾。

数次患难与共，她又不是石头做的心，怎可能焐不热？

"彪哥，你这汗出得没停过，如今又断了水源，还是先坐着小憩会，养足精神也好应变突发事件。"

"哎，也不知笑笑是否安全？"

这厢忧思不已，甲板上忽然传来兵刃交接声，刚坐在椅子上的马彪猛地站起身来，侧耳仔细倾听外头的动静。

寨子里的民兵自是比不得马匪的高强武艺，不一会儿，马彪就听见节节败退的讨饶声，混乱的脚步声徐徐逼近房门，屋外值守的侍卫们刚欲拦截，"嘭"的一声巨响，房门竟被人从外至内撞击开来，侍卫哀号两嗓子，瞬间晕了过去。

乍起的尘埃中，隐隐约约能够瞧见赫赤如烈焰般的艳色衣裳在甬道中猎猎招展，颀长身影立在那里，如苍松般挺拔，令人觉得高不可攀。

然而，低沉而又略带一丝焦急的嗓音响起："龙女何在？"

王娇怔了怔，不明所以应道："我就是。"

那男子大步跨过侍卫的身体，心急火燎似的拨开呛喉的烟尘，等他视线落在王娇面容时，原本淡漠疏离的眉目间蕴藏的欣喜瞬间瓦解，他皱着眉，面上似覆了一层冰霜："你？你是谁？"

闻言，王娇更是疑惑，面前的男子轮廓冷锐，倘若见过这张清隽面容，决然不敢忘记他的模样，她不由得感到纳闷："我？我是龙女啊。"

面前的人瞬间身形一僵，他紧蹙着眉梢，忽然又瞥见一个熟悉的东西，他紧紧盯着王娇："那个玉佩，谁给你的？"

玉佩？

王娇看向胸前的镂雕芙蓉玉佩，有些不解地问："你说这个？是笑笑幼时送予我的。"

司安低声重复："幼时？"

他握了握拳，缓缓开口："这是我送她的玉佩，她……现在在何处？"

仿若记忆深处有什么东西触动了她，王娇忽然眼睛一亮，有些不确定地问："你是她的小安哥哥对不对？"

见他点了点头，王娇再也抑制不住兴奋，急急催促："笑笑也在寨子里！她被祭司大人逼迫着嫁给他那快要死的独子冲喜！大人来得正好，快去救她呀！"

司安心里一惊，面色蓦变，瞬间明白了什么，龙女并不是他要找的人，那个被抓走冲喜的笑笑才是！

暌违九年，他还是第一时间错过了她。

那一夜，密林深处，明知危在旦夕却仍不屈服的倔强姑娘，那双杏眸，他怎么会没认出她！

跟随而来解救马彪的赵老二五人愣愣注视着那袭赫赤身影消失在甬道尽头，不知救他们的是何人，但肯定不是等闲之辈。

几人催促起马彪："马老大，咱们现在是否乘船离开？"

哪想到马彪一口拒绝："不行！仙姑为了拖延时间救我们，如今身陷囹圄，咱们道上混的最是重义气，怎能弃她于不顾！"

"马老大说得对！咱们都听马老大的！"

马彪大手一挥，招呼道："好！大伙将船上侍卫捆缚住，然后出去大干一场！"

"生死相随！"

直至日薄西山，言笑笑终于寻找到周凤，空旷的河畔边孤零零用碎石堆砌着一根大木桩子，他独自被铁链五花大绑绑在上面，连个值守的村民都没有。

她大惊，连忙上前，小心翼翼地试探道："官爷，您没事吧？"

"本官看起来像没事？"

不像，可她没敢如实说。

情况比她想象的还要糟糕，一个大活人被当作尸体，暴晒在烈日下动弹不得，一整日滴水未进，再好的体力也不够消耗。

言笑笑没敢和他贫嘴，她相信，若不是他手不能动弹，绝对会狠狠在自己脑门戳上两个窟窿。

毕竟是她理亏在先，未曾考虑周全才会将棺材遗忘在甲板上，间接导致周凤要受这般欺辱，于是她十分谄媚地讨好道："我……我这不是安顿好祭司独子燕凤，就匆匆寻来了。"

燕凤？

那个病秧子的名字？

唤得可真是亲切自然。

她倒是体贴，离开时还记得将对方安顿好。

下船时怎未见她将自己安顿好！

周凤冷冷道："你与新郎官浓情蜜意，自是不会记得还有个本官。"

言笑笑抱紧了怀中的油纸袋，低垂着脑袋，很是羞愧："对不起。"

她内心叹了一口气，不得不承认，经此一事，她的拜师大业很可能面临夭折。

见她哭丧着脸，周凤却丝毫未觉畅快之意，明知那人被他打得动弹不得，依然鬼使神差一般，干巴巴开口道："你……没吃亏吧？"

言笑笑蓦然抬头，亮晶晶地注视着他，面上浮现出一个欣喜的笑容:"好得很!出了点意外,正好没同那只羞辱我的大公鸡拜堂成亲,算了,不说那些晦气事。"

"饿了吧?尝尝我带来的红豆馅饼?"

周凤本来确实饿了,既然她给了个台阶就理所应当地顺着下了。然而当他见到大大的囍字印在饼面那一刻,竟觉得尤为刺目,他冷笑了一声,转过头不想理她:"气饱了!"

不明所以的言笑笑很是愕然,刚才不还好好的?

怎么说翻脸就翻脸?

"多少吃一口吧?我认错还不行。"

见他不再搭理自己,言笑笑很是疑惑地看了眼红豆馅饼,饼面完好无损,散发着诱人的香气。

难道是他不喜欢吃红豆馅饼?

她又试探地尝了一小口,浓郁的红豆香气溢在舌尖,醇厚甜蜜,她瞬间眸子一亮,将剩下的大半块红豆馅饼递在他的嘴边,催促道:"好吃!我尝过了,不骗你!真的!"

她还真是一如既往地放肆。

咬过的红豆馅饼也敢往他的嘴边递。

明明应该再嘲笑她两句,在他反应过来前,自己竟已就着她浅尝辄止的地方吃下了半块红豆馅饼,可能真的是……饿了吧。

言笑笑眼里的热切不做掩饰,仿若期待着他的品鉴:"好吃吧?"

周凤自幼被宫里的御厨养叼了嘴,乡野间再好吃的红豆馅饼到了他的嘴里,也是要减少三分期待。

然而瞧着面前那张写满了期待的笑脸,他硬是说不出半个不好的字眼。

"本官……再尝一口。"

起先他还细嚼慢咽,再后来言笑笑许是怕他饿急了眼,一块又一块的糕饼送到他的嘴边。

周夙只能加速进食的速度。

看在眼底的言笑笑默默叹了口气,更为自责,说到底还是怨她,否则官爷不会这般狼吞虎咽,他向来是个自持又内敛的人,从不外泄情绪。

周夙本就晒了一天,现又被饼子噎得慌。

"你不打算,咳咳,给我喂点水吗?"

言笑笑一拍脑门,差点把喂水这个重要的事给忘了!

然而一口水灌下去,咽如焦釜的他顿时觉得嗓子黏糊糊的,既吞不下,又黏附在喉咙里,他猛地咳嗽起来。

"咳——咳——"

他似岔气般连咳数声,吓坏了言笑笑,一连拍打着他的背,为其顺气:"你虽饿急了,也需细嚼慢咽,这不将自己呛着了?"

周夙很无语,自己这么狼狈还不都是拜你所赐,自己不反省倒还来说我。

"水!"

"给。"面对面的角度伺候他喝水,让没有经验的言笑笑十分为难,足足一个头的身高差更是令她觉得棘手,她努力踮起脚尖往他嘴里送水,可没想到依然添了乱。

周夙蹙眉,接连喝了好几口,想让她停下,却又有口难言,直到水流溢出,淌湿他的衣襟,她才惊慌失措地替他擦拭:"对不起!我不是故意的……"

那双茶色杏眸俱是茫然无措,娇软的柔荑在他脖颈处来回抚慰，修长如玉的指腹划过喉结，沿着他的下颌触碰到他的薄唇时，令周夙彻底愣住。

四目相对，错愕无言。

周夙的喉间不禁滚了滚，凝望着面前的姑娘，张了张嘴终是缄默。

她怎敢？

只有他想不到的，没有言笑笑不敢做的。

她不自觉轻咬粉嫩饱满的两瓣唇，舌尖一舔而过时，她为了掩饰心底的慌张，突然壮起胆，再次用指腹反复擦拭那处被水渍沾湿的薄唇，等到擦出微红的色泽，方才罢休。

末了，她还理直气壮地控诉道："咽不下还什么能？又没人同你争。"

若非他知晓她对男女之事一无所知，周夙定会认为她是故意为之，企图勾引自己。

"咳咳，是言姑娘过于热情，喂得太快了。"

言笑笑不可置信，他说的叫什么话？

"不是你要吃的吗？"

"不是你一直喂？"

"我是看你一直吃，我才喂的。"

"我是看你一直喂，我才吃的。"

行吧，这话彻底对不下去了。

言笑笑只觉得郁闷至极，好心好意喂他吃饼喝水，怎么又吵起来了？

她刚转身，踩在碎石上的脚崴了一下，失去平衡的身体径直向后栽去。

惊恐万状的她心底只有一个念头，完了！

这跟头摔进碎石子上，还不得见血！

预想的痛感却没有来临，纤细的手腕突然被人一把攥住，腰肢也被一揽，身体本能前倾撞了个满怀。

周夙抱着她，下意识关切道："没事吧？"

"无碍。"心有余悸的她呼出一口气，额际自然而然抵在那副既熟悉又陌生的坚实胸膛，待视线无意识落在腰间的臂膀，她不由得彻底愣住，后知后觉抬眸控诉，"你的手根本没被绑住！"

周夙被她的模样逗笑，使劲揉搓了下绺绺柔软的发丝，方才缓缓松开她，虽然试图将顺小刺猬堪堪竖起的针尖，嘴上却丝毫不示弱："我何时说过手被绑住了？"

言笑笑愣住了。

这怎么跟她听到的不一样？

看着她懵懵懂懂的样子，周夙掩饰不住眼底的笑意："那些村民只是用铁链把我的手绑在木桩上，没考虑过尸体还会长脚逃跑这个问题，更不可能派人留守了。"

这个答案真是令她又气又好笑。

气的是他骗了自己，好笑的是喜堂中下人突然从后宅传来的惊呼声应是他故意为之。

以他的身手何以会被小厮撞见案发现场，不过是为了借机扰乱婚礼罢了。

若非他解救自己，言笑笑恐怕真的要同一只大公鸡拜堂，那才真是滑天下之大稽的事，于是她斩钉截铁道："所以将燕凤踹下躺椅之人便是你！"

当着面被她戳穿，周夙不自然撇过脸，轻咳一声："我当时偶然路过，正巧听见他满口荤话，这才出手教训一番，没想到不经打，我还没拿他怎么样，他就已经不省人事了。"

偶然翻墙路过，凑巧听见？

这话也就哄哄三岁稚童罢了。

"是哦？那真可惜，我其实听见他醒来后说的那番话，也十分想给他两拳，可惜没机会。"

"哼！他还指望着死后强迫我殉葬，可想而知这些年来祸害了多少姑娘。"

周夙面色一沉："竟有此事？"

然而话音刚落，河岸边的密林中突然传来匆匆的脚步声，伴随着急吼吼的大喊："快！都仔细搜查，我就不信少夫人真插上翅膀飞出寨中！"

言笑笑瞬间惊慌失措，她瞧见远方的树丛中似有人影晃动，不自觉地抓紧了周夙的手臂，焦急自语："怎么办？怎么办……"

随即她一低头，无意中瞥见他的衣裳处仍有残渣，不自觉地就想伸手拂去。

周夙一把攥住她的手腕，额际鼓起青筋，紧咬牙槽似的溢出半句话："别乱摸。"

言笑笑愣了愣："乱摸什么了？"

顾不上仔细质问，她转而握紧他的手，径直往木人桩上的铁链里塞："快！装死！"

周夙怔了一下，迅速决定放弃抵抗，一脸麻木地任她摆布。

安置妥当后她不断四下打量，眼瞅着再也寻不出半点错处，言笑笑方才调整好脸上的表情，镇定自若地等着密林中的人发现她。

"快！少夫人在河岸边！"

听到这声音，她酝酿了几秒钟情绪，忽然扑进周夙的胸膛，大声地啼哭起来："我的哥哥呀！你枉死贼寇手中，客死他乡，现在竟还被人曝尸荒野，阿爹阿娘若是知晓了，还不哭瞎眼？你怎就这般狠心，舍得丢下妹妹与年迈的阿爹阿娘？"

蓄满眼眶的泪水顷刻间决堤倾泻，情绪激动时，言笑笑还抑制不住地往他胸膛捶上两拳。

然而，她未曾等来搜寻村民的反应，却先听见周夙咬牙切齿自牙缝中溢出的话："别捶了！要岔气了！"

"呃……"

哭声戛然而止，言笑笑一时间竟不晓得如何拿捏情绪，好半晌才小声警告："好好装你的尸体！"

匆匆赶到此地的祭司被眼前的场景震惊得说不出话来，他指着周夙，再次向她确认："这旱魃是你哥？"

言笑笑逝去眼角泪水，脸上掩不住哀伤，她点了点头："这是我血浓于水的哥哥，怎就成了你口中的旱魃？"

搜索了大半个寨子的祭司，气急败坏地质问："你拜堂前怎么没告诉我，你刚刚丧兄？"

言笑笑学着周夙的口吻，反问了回去："你也没问我呀。"

果然，祭司被这话噎得彻底无言，好半晌，才吐出二字："晦气！"

"我且问你，新婚日，你不好好待在吾儿跟前伺候，来见个死人作甚？"

言笑笑悲戚不已地解释道:"哥哥躺的棺材搁放在甲板上,我心里放心不下,故而多番向下人们打听,这才知晓哥哥被人误当旱魃捆缚于此!我这个做妹妹的岂能眼睁睁看着他死后曝尸荒野?那还有良心吗?

"在场的诸位你们都评评理,至亲枉死,你们忍心见至亲曝尸荒野?"

村民们虽然敬重祭司,信奉龙王,却也不全是不识忠孝节悌之徒,于是全都点头附和:"说得有道理。"

祭司本来来势汹汹,要给她来了下马威,哪想到这张小嘴甚是伶俐,三两句话就给他扣上了不识忠孝节悌的帽子,一时间又叫他挑不出个错处。无奈之下,他只能以命令的口吻训斥道:"赶紧同我回府,吾儿身边不能没有人照顾!"

如今村民们皆在,对她的遭遇也很是同情,有他们把持公正,言笑笑说什么也不会轻易退让:"那不行!我哥哥尸骨未寒,须得将他妥善安置在棺木中,我才能与你回府,否则这等不忠不孝的事,我就是死也不会答应!"

这是在拐着弯骂他不忠不孝!

祭司怒了,然而还未来得及开口,言笑笑生怕他对自己来硬的,霎时又放低姿态,泣涕涟涟地哀求起来:"我知晓您定然是个深明大义之人,一直顾全大局为村民着想,如今我的哥哥枉死,我也是被逼得走投无路。

"今日我既然嫁予燕凤,便是您的儿媳,您怎忍心拒绝儿媳妇的唯一请求?

"只要您帮我将哥哥的尸骨收殓,送入京中魂归故土,待阿爹阿娘好生将他安葬,我这辈子定然好好侍奉燕凤与您。"

这番话说得情真意切，听得村民们无不潸然泪下：

"真是个重情重义的姑娘啊。"

"要不祭司大人您就答应她吧？"

"对，不过就是具尸体。"

出乎周凤意料的是，言笑笑此刻想的竟然是先送他抵京，心底自是五味杂陈，他若离去，那她怎么办？

燕凤分明是个下流坏子，待身体好转，指不定就要对她做那些混账事。

奈何现下决然不是动手的好时机，闹大了，他一身武艺自保无疑，带着言笑笑一同离开，在全寨村民围剿下不令她受到丝毫伤害，却是难如登天。

因此，他还须沉住气，等待暗卫抵达，他估算了一下时辰，应该无须等待太久，如今只要拖延时间即可。

然而，祭司乃是冷硬心肠，断然拒绝："痴心妄想，捆缚于此的尸体乃是旱魃！你让我将他送入京中，是暗藏了什么阴谋诡计？"

"传说旱魃所到之地未来数年将是土壤干旱，山崩地裂，灾害无数。唯有焚烧旱魃敬天，方能化解这场浩劫。"

"你如今包藏怎样的祸心，想我答应你将旱魃送入京中，可是想借着旱魃祸乱京城？"

"你可知朝廷怪罪下来，何人能够担当得起？"

祭司忽然转过头扫了村民一眼，大声质问道："是你们担当得起？"

事关生死存亡，叫村民们如何接话？

一个个对视一眼，急忙摇头否认，撇清自己：

"不,不!我没说过让旱魃入京。"

"不关我的事。"

"也不关我的事……"

也不知人群中谁先振臂高呼一声:"焚烧旱魃敬天!"

"焚烧旱魃敬天!"

连绵不断的附和声不绝于耳。

瞧着面前人云亦云的村民,言笑笑欲哭无泪,计谋失败,多也无益。

祭司回首间扫了眼他的支持者们,对此结果很是满意。

既同马彪达成协议,断然不能让村民以为他是在包庇纵容劫走龙女的贼子,只有焚烧旱魃获得民意,方可令他身为祭司的崇高身份不再受到质疑。

"行了,我知晓你顾念亲情,是个深谙忠孝节悌的好孩子,只是你哥哥尸体死后不腐乃是不争的事实,大家有目共睹,他就是旱魃!你自诩深明大义,就该晓得要将旱魃焚烧敬天,方可令龙王庇佑吾等。"

言笑笑僵着脸不说话。

见她一如既往毫不屈服,祭司用着最刻薄的话语威胁她道:"难道一个死人,还比不上活人的性命重要?"

"我不管!我不退!想要焚烧我哥哥,就先从我的尸体上踏过去!"

"你!"

双方僵持不下时,密林深处忽然传来匆忙的脚步声,一名下人焦急来报:"不好了!祭司大人,有人打伤守卫强行闯入院中,质问少爷在哪儿……"

祭司一听急了，拽着下人衣襟，厉声追问："什么？凤儿怎样，可有受伤？"

"奴才瞧见那贼子武功高强，一出手就打伤了所有守卫，还没看到少爷在哪儿，奴才就赶紧过来禀告您了！"

儿子是死是活尚不清楚，祭司瞬间慌了神，腿脚一阵虚软，下人连忙搀住他才得以勉强站稳身体，等他缓过来，杀意也在眼中浮现："敢在太岁头上动土，活腻了？"

祭司还未缓过神，密林中又窜出一名下人："不好了！祭司大人，少爷……少爷……"

"凤儿怎么了？"

"少爷，快……快不行了……"

"什么？怎么回事？"

"那贼子离开的时候，少爷就已经不省人事了，大夫说他也束手无策了！"

说罢，他又怕祭司怪罪，连忙解释："那贼子实在厉害至极，两下子就把所有守卫都打趴下了！"

听见这番解释，祭司只觉得一股火气蹿上脑门，"啪"地一个大耳刮子甩在报信的下人脸上，嘴里止不住地咒骂："一群饭桶！你也是个废物！我儿有什么三长两短你们就都等着陪葬！"

真是天道好轮回，苍天饶过谁。

刚才是谁说死人的性命哪里比得上活人的？

言笑笑一个没忍住，"扑哧"一下子笑出声来，又急忙掩嘴，周围的视线却已经被她那不和谐的笑声吸引过来。

祭司也一甩头，愤怒地瞪着她："好啊，你个吃里爬外的东西！是不是就盼着我儿早登极乐？"

独子生死未卜，祭司说完便没管言笑笑什么反应，急忙往回赶，走了几步后又回头，忽然大喝吩咐："去！将那不知死活的妖女也给我绑在木桩上！"

言笑笑尚且来不及挣扎，就迅速被两名魁梧汉子制服住。

祭司狰狞地笑了一下，一声令下："拾柴来！给我看好这妖女！待我一声令下，就将旱魃与她一同焚烧敬天！"

言笑笑一惊，随即嗤笑一声，毫无畏惧地反唇相讥："哼！嘴上说得冠冕堂皇，还不是因为你儿子快不行了，要拉上本姑娘陪葬！"

"在场的父老乡亲，你们都瞧见此人虚伪的嘴脸了吗？"

"想杀便杀，草菅人命！"

"难道你们真要敬重这种滥杀无辜之人？那卫国律法何在？百姓的公平正义何在？"

这番慷慨激昂的话语彻底将百姓威慑住，围观的人群纷纷对视，却无一人敢迈出半步挑战神权。

那可是龙王大人钦点的祭司，可保他们世代平安喜乐。

祭司讥讽地笑了下，心里暗讽她不自量力，挥了挥手示意下人将她架上刑台，也懒得与她较劲："既然洞房花烛夜都不忘你的死鬼哥哥，如今我便圆了你的心愿，这样你们死在一块，永远都分不开了！"

落下这话，祭司的背影迅速消失在密林深处，留下来的守卫们押解着言笑笑，用铁链将她捆缚得严严实实，绑在木人桩上，然后驱散了围观百姓，又钻进密林里去捡些木头当柴火。

言笑笑动弹不得，熟悉的嗓音顺着风声钻进她的耳朵里。

"自身都难保了还操心起卫国的法律了，姑娘这么深明大义是要当皇后的料啊。"

言笑笑没心情跟周夙斗嘴，她从心底里觉得沮丧，她原只是此地的匆匆过客，现下亲身经历了龙女献祭、被迫冲喜、旱魃敬天，再目睹当地百姓的愚昧无知，方才觉得她是多么渺小，竟妄想凭借一己之力挑战这里的民俗神威，这根本是痴人说梦。

"说了也没用，不值一提。"

"倒也不全是无用，至少……勇气可嘉。只是此地的百姓思维被禁锢已久，想要让他们一下子站到祭司敌对面，当然很难。"

言笑笑叹息一声，有些低落地说："其实我就是有些莽撞了，龙王可是淮山县民信奉的天神，是他们祖辈传承下来的信仰，我这样诋毁他，他们别说站出来替我说话，怕是吃了我的心都有了。"

说着说着，她的脸上浮现出迷茫之色："官爷，您说这样，对吗？"

"对。"

言笑笑没料到周夙会斩钉截铁告诉她答案："为什么？您也觉得冥婚对？献祭对？冲喜对？还是您现在成为旱魃将要被敬天也是对的？"

"你只问了我这样对吗，我可没说过冥婚、献祭、冲喜，皆是对的。"

她更为疑惑："什么意思？"

"信仰无错，人有信仰更是无从指摘。然而这祭司迂腐贪婪，草菅人命，已触犯律法，当斩！"

涤荡邪祟，笼罩于昭昭日月的阴霾终将驱散，这是他身为卫国储君义不容辞应做的事。

从前他以为男儿志在四方,唯有金戈铁马开疆扩土,方能彰显帝王气魄,他历经此事后忽然发现,他的子民需要的不是疆土多么辽阔,地域多么广博,只是简单的一日三餐,家人平安。

永远不要遮蔽真实的民意,蒙骗和愚弄百姓者,终将被百姓抛弃。

明明他的声音不大,却十分铿锵有力,灌进她的耳朵里,令她也忽然生出了无限的勇气。

"我知道了,除去祭司方能唤醒这些百姓。"

哪里想到周凤摇了摇头:"难道这个祭司死了,这些陋习就不存在了?他死了,仍会有新的祭司上位,舍本逐末不是解决之道,只有上头的人重视起来了,才能化解顽瘴痼疾。"

真是个令人气馁的答案。

"但那些上位者眼高于顶,如何看得见底层百姓?再说,准备继承大统的八皇子约莫也只会开疆扩土,百姓们还是指望八皇子扩大国土面积会比较实际。"

眼高于顶,一无是处,只会开疆扩土的周凤,被骂得无言反思。

好半晌不见应答,言笑笑转头,有些疑惑:"官爷,您怎么不说话了?"

周凤幽幽地说:"在自省。"

"有人骂你了吗?为何要自省?"

"志向受挫。"

言笑笑愣住了,努力回忆他闷闷不乐的缘由。

她琢磨了好半晌,才蓦然联想起他要考取功名为百姓谋福祉的远大志向，待八皇子登基后开疆扩土，到时率先重用的便是武将，他改做文臣，岂不是难有出头之日？

这不是刚好对上志向受挫，郁结难舒！

想清楚了后，再看周夙，她也忍不住感到一丝怜惜，连忙宽慰："唔，官爷，其实您文武全才，就算是守大街也能将百姓保护得安安全全，这不也是为民造福吗？"

怎么又扯到让他回去守大街？

周夙愣了愣，琢磨她的前后话方才理解其意，有些好笑，却又没敢笑出声来，反倒故作失落："可是守大街入不了编制，每月俸禄少得可怜，随时有可能丢了饭碗，昨日你还嫌弃本官'一把年纪''无阶无品''文不成武不就''娶不到媳妇'。"

她有说过这般恶毒的话？

为何一点印象都没有？

难道是脸上情不自禁刻绘出了心所想？

越想越觉得一定是这个缘由，官爷这般睿智的人，她心底的小九九哪里能逃得过他的眼睛，言笑笑只好强行打哈哈道："怎么会！守长街好歹也是吃公家饭，可比我这下九流的活计体面多了。"

经他提醒，后知后觉的言笑笑突然想到摆在面前的现实问题！

"提起这事，我也有一事要同您商量一二，我……我现下囊中羞涩，待您入京，您记得把之前说好的款项同我结算清楚。"

周夙皱眉。原来这妮子打算进京之后同他迅速撇清干系，然后撂挑子走人？

"你不是要拜本官为师？"

言笑笑眼睛瞬间又变得亮晶晶，颇为兴奋地凑近他："您愿意收我了？那这笔钱就用来改作拜师费，孝敬您老人家好了！"

周夙咳了一下："那本官考虑考虑吧。"

她笑容一滞，又缩了回去，嘴里咕哝："那我还是回家好了。"

虽是闷声嘀咕，奈何周夙耳力极佳，一字不落尽数飘进他的耳朵里，面色瞬间一黑。

除了战场上的手下败将，还从来没有人这么想急着甩开他。

"本官说过替你接庄夫子入京，请名医诊治，为何执意回榕城？"

言笑笑的脸色瞬间变得有些难看，她没看周夙，摇了摇头："我和夫子没什么家产，搬到京城来要如何站稳脚跟？再说，夫子一把年纪，哪还受得了舟车劳顿，您的好意我心领了，但是回榕城对我来说才是最好的选择。"

鬼使神差地，周夙脱口而出："我养你。"

说完，两人都愣住了。

自幼的成长环境令她从未想过依附他人生存，她也不是没有奢望过有人照顾自己，但承诺照顾她一辈子的小安哥哥，以为是要相依为命一辈子的人，最后亦是将她弃如敝屣。

她哪里还敢有什么期待？

她蹙眉，甚至未曾多思，本能一口回绝："我可以自食其力，还未到需要人施舍的地步。"

可他分明不是施舍可怜她的意思。

然而他突然意识到，"我养你"这话的唐突，后知后觉发现自己向她作出了某种承诺。

周夙深深地注视着她,心里有什么正呼之欲出。

但在他羽翼丰满、站稳脚跟之前,决然不能将她牵连进朝堂夺嫡的漩涡中。

见他再次沉默,言笑笑没有着急催促,反倒凝神遥望远方,看到守卫们的身影渐渐融入密林中,方才开口:"官爷,那些守卫如今正捡柴火呢,怕是无暇顾及我们,要不要借此机会逃走?"

经她打岔,周夙收回了心绪,思索片刻,冷静地说:"急不得,他们看似走远,却堵住了我们唯一能走的路。"

"两侧均是峭壁临渊,河道中水流湍急,击石作声,贸然入水并非明智之举,即使他们侥幸上了岸,面临的依然是村民围剿,到时只会让自己彻底陷入绝境。"

"可是现在不逃,更待何时?"

周夙嗓音里俱是从容不迫:"不急,再等等。"

等他的援军抵达,问题自然迎刃而解。

有他这句话,言笑笑虽有疑惑,但并未深究,两日来多次遇险均是靠着官爷的无双智计化险为夷,既然官爷说不急,那便是真的时机未到,她也就不再执着于此。

彼此间的信任与默契,在一次次惊险的经历中越来越深。

日薄西山,余晖洒落大地时,手脚麻利的守卫们终于将柴火堆砌满木人桩的四周,抹了把额际上的汗水,苦守羊肠小径的路口,好不容易盼来了乌泱泱的村民,一脸哀伤的祭司缓步而来,言笑笑只匆匆瞥过一眼,即知燕凤约莫是真的去见了阎王爷。

祭司走上前,眼眸中的杀意再是掩饰不住,朝着言笑笑厉声质问:"狼子野心,亏我待你不薄!没想到你个吃里爬外的东西,早就知道有人会上船劫人,这才想出冲喜的戏码拖延时间,是与不是?"

言笑笑十分意外,面上却不敢显露分毫。

依祭司这番话的意思,赵老二已经顺利救出马彪和王娇,不过马彪是否会带领他的弟兄们不顾性命前来营救尚未可知。

言笑笑镇定自若地反驳:"祭司大人待我真是再好不过,您看,我这被五花大绑在木人桩上,还不是拜您所赐。"

围观百姓们纷纷侧目,心底直犯嘀咕。

"可不是,亲儿媳!"

"今早敲锣打鼓才办的喜事,现下儿子尸身还未冷却,这就迫不及待让新妇殉葬。"

"依我说,那少爷早已病入膏肓,是否冲喜都不可能回阳,祭司为何非要祸害这小姑娘?"

"听说燕凤是被这小姑娘的同伙害死的。"

"什么?怎么可能!不是说今日闯入的贼子并未伤他性命,最后是他自己吓死的。"

"欸?竟有此事?怎么和我听说的不一样!"

"千真万确!信我!"

虽然祭司府中内宅的事轮不到外人评论,历经此事,百姓心底的秤杆仍然觉得祭司有些冷硬心肠。

哪里想到祭司早已想好说词,他冷笑道:"那是因为我识破了你是旱魃的亲妹妹,这才决定大义灭亲,让你这妖女伏诛!"

此话一出,百姓们的脸上无不流露出惶恐不安:"什么?此女乃是旱魃亲妹妹?"

"那是不是死后也会变成旱魃？"

"所以祭司才命人将一人一尸捆缚在木人桩上焚烧敬天？"

"原来如此。"

"祭司大人大义！"

反对声骤然转变成了支持者。

言笑笑静静地看着眼前的变故，心底有些发凉。

她一言不发，形单影只的样子看上去颇有些可怜。

得到村民的支持，祭司此刻气定神闲："肃静！我知道大家恐惧害怕，恨不得即刻焚烧旱魃，消灾解难，身为祭司的我有责任维护这里的平安，如今向龙王大人请示后得到神谕，龙王恕我等扶正灭邪，焚旱魃济苍生。"

奉龙王神谕，百姓们无不齐声振臂高呼：

"焚旱魃济苍生！"

"焚旱魃济苍生！"

"焚旱魃济苍生！"

夕阳沉浮，殷红的霞光似血色投在祭司脸上，将那狰狞的面目染成赤目妖魔。

他握着火把一步一步向言笑笑逼近，火光映着他不怀好意的笑容，宛如恶鬼索命。

"那红衣贼子先劫了船上的人质，以为闯入吾儿寝室就能寻得你？但到头来，你最后还是落在我的手中！"

"现下吾儿被他害死，此仇不共戴天！我要你偿命！等我把你烧死，定然会将那谋害吾儿之人揪出来扒皮拆骨！"

可真是张口就来，颠倒是非黑白。

言笑笑凛然不惧，讥讽地笑了下，将百姓议论的话语再次复述一遍:"刚才还有人说,你儿子是被活生生吓死的,怎么到了你的口中,就成了被人害死?莫不是平日里谎话连篇,已分不清真假话?"

"放屁!"祭司再不愿同言笑笑废话,眼看着就要点燃柴火,忽然,捆缚在旱魃身上的铁链寸寸迸裂,发出刺耳的"咔嚓"声。

祭司惊呆了,怔怔地注视着近在咫尺的尸体突然伸手,一把攥住他拿着火把的手腕,一双凤眸似鹰隼一般锐利迫人。

另一只手抬起,祭司的喉咙瞬间被掐住,他被高高举起,力道之大竟让他动弹不得,也迟迟发不出任何声音。

诈……诈……诈尸?

旱魃诈尸了!

站在岸边的围观百姓四处逃窜,恐惧得大叫,场面顿时乱作一锅粥。

旱魃现世,必定民不聊生,这是每一个虔诚的神灵信徒根深蒂固的认知。

祭司感觉到脖子都要被这旱魃掐断气了,他张着嘴,发出喑哑的挣扎声,没过多久就眼皮外翻,舌头也不由自主地往外伸。

眼看他就要断气了,周凤猛地抬腿,祭司肚子受了一记踹膝,人已不受控制腾空飞出。

百姓们只看见祭司在空中翻滚好几圈后,似个王八趴在地上,霎时全都惊慌如走兽,四处窜逃。

"旱魃杀人了!旱魃要屠村了!"

这一切都发生得太突然,让言笑笑目瞪口呆,又迅速冷静下来,有些喜悦地说道:"我就说正常人见到诈尸应是这种反应,就那群哭丧人缺根筋才会毫不畏惧!"

她扭动手腕,从松动的铁链中脱身后,毫不犹豫地跑向周夙,大声道:"快走!"

然而她的话音刚落,一枚羽箭发出"咻"的一声破空而出,朝着她的面门斜射飞来,说时迟那时快,周夙将她揽腰入怀,堪堪擦过羽箭,他抽出腰间软剑,挑起地上的石子弹射出去,正中偷袭的守卫膝盖。

那名守卫猛然栽倒跪地,发出痛苦的惨叫声。

言笑笑惊魂未定地看着尖利的箭头钉进木人桩上,末端的雁翎还正止不住颤动着,可见其力道之强悍,她一下心底凉了半截:"好险,差点要了命!"

周夙余光扫了眼周围,发现围堵在四周的守卫足足有上百名,他面容冷肃,只是箍住纤腰的手臂不自觉重了两分,低声道:"搂住我。"

言笑笑乖乖照做,自觉地伸出手紧紧勒住他的腰间。

周夙垂眸看了眼怀中的姑娘,眸中晦暗不明,嗓音带了一丝沙哑:"搂后颈,连这都不懂。"

闻言,言笑笑立即努力踮起脚尖,将大半个身子严丝合缝紧贴着他的胸膛,就怕逃跑时拖他后腿,一副十分乖巧的样子。

刚刚还内心毫无旖旎,见到她如此依赖自己的样子,明知不合时宜,周夙的心还是蓦地一软。

他眼中浮现一丝笑意:"抓稳了。"

"啊!"

他突然一个暴起,让她毫无征兆地双脚悬空,整个身体不受控制,只能本能将他搂得更紧,生怕自己掉下去。

寒光凛凛的两尺青锋被周夙舞得又快又准将围涌而上的守

卫们全都打趴下，直至再无一人敢做出头鸟，方才听见守卫们踱着步子，纷纷后退，人群中开始窃窃私语起来。

"这……这旱魃好是凶狠，究竟是死是活？"

"你冲上去不就知晓了？"

"那你怎么不冲？"

"我这不是看着冲上去的弟兄们全都趴地上了，有点害怕。"

"废话！我眼不盲，这明显是个大活人！大家一起冲！"

"冲！"

只见周夙嗤笑一声，"铮铮"数声，剑锋呜咽，瞬息间再次迎战，他顾念着这些守卫本性不坏，只是被蒙蔽了双眼，因为他并未对他们狠下杀招，只是将人打退，让他们动弹不得后便不再理会。

未承想到的是他对百姓仁义，有人却没打算放他活着离开。祭司招来弓箭手，大喝一声："都给我让开！"

见人群匆匆避让，他迅速下令："射！将那旱魃与妖女射死！"

漫天箭矢似流星赶月一般朝着周夙迎面坠下，知晓事态严重的他不敢轻敌，硬生生接下第一波攻势，周夙将言笑笑护在身后。

他把手中的剑横在胸前，摆好了一副防御的姿态。

第二波箭矢刚放出，密林深处忽然传来震天动地的脚步声，一群狂躁的家畜从羊肠小径中横冲直撞地涌入海湾，惊得弓箭手们连滚带爬纷纷避让，祭司躲闪不及，瞬间淹没在家畜的冲撞中，甚至连几声惨号都未来得及发出，倒在地上任由家畜践踏，当场惨死。

趁着周夙和言笑笑都望着那边，就近的守卫骤然对藏在周夙身后的她发动突袭，身手敏捷的周夙情急之下只好将她狠狠推开。

她猝不及防地栽倒在地，迅速转头，看见周夙与守卫们缠斗在一块，为了不拖他后腿，她立刻决定找个地方躲起来，两人却被横冲直撞的家畜彻底冲散，霎时尘埃乍起。

故意制造这起骚乱的司安骑在马背上，跟随家畜的脚步匆匆抵达，一眼便看见那抹既陌生又熟悉的倩影，身上还穿着火红的嫁衣，脸上写满了仓皇失措。

司安勒紧手中的缰绳，逐渐缓下步伐，眼睛却一眨不眨地注视着她。

九年了，数不清的斗转星移，日夜轮转，终与她再相见，他不曾知道，长大后的她竟是这般模样，亭亭玉立，宛如清水芙蓉一般。

司安这厢正凝望着她怔怔出神，言笑笑却掩着鼻子，被尘烟呛得直咳嗽，她从地上站起来，没走两步，似有所觉察般地瞥了眼峭壁首端，这一瞥正好和司安的视线对上，两人顿时一怔。

司安的面容一如往昔，只是彻底长开了，一双桃花眼如浸在秋水中一般晶莹澄澈，他身量颀长，俊朗里糅合着尽数收敛至骨子里的邪魅偏执。

若非她太过于了解这个人，恐也受他肆意张扬、狂傲不羁的表象所迷惑。

纷沓的记忆犹如潮水般涌来。

断瓦残垣里，他捂着自己稚嫩的双手呵出一口热气，纷飞大雪中，背负自己踩过一个又一个没过膝盖的雪坑，他说两个人在一起，无论走到哪儿都是家，他是她的小安哥哥，永远不离不弃。

那时她便傻傻地信以为真。

氤氲雾气弥漫上她的眼眸,察觉视线变得模糊,言笑笑禁不住后退一步,打算转身就跑,手腕却被人瞬间牢牢箍住,蓦然跌进一个陌生的怀抱。

司安紧紧地抱着她,恨不得将她整个人拥进胸膛深处。

"笑笑……"

这一声呼唤他已经等了九年,里面包含着隐忍的思念。他清瘦修长的手指一下又一下地抚过她的墨发,他低声道,语气更是前所未有的卑微:"别生我的气。

"我回来了,再也不离开你。"

是吗?

言笑笑伸手推拒了两下,发现动不了,只好作罢。她闷在他怀中,闭上双眼,溢满眼眶的泪水顺着她的腮边缓缓滑落。

言笑笑还未开口,一道凌厉的掌风转瞬而至,挟着万钧之势朝着司安迎头劈下。

这一掌刁钻狠辣,被迫退后避让的司安蓦然松开言笑笑,眼睁睁看着她落入其他男人怀中,霎时眼眸里闪过一丝阴翳。

周夙怒不可遏,正欲再下狠手,言笑笑反应极快地环住他的手臂,小声制止道:"官爷,不要!他是小安哥哥。"

周夙的动作猛地一顿,愣了愣:司安?小安?

司安一脸古怪。

官爷?八皇子……

笑笑并不知晓他的身份?

周夙收回手,冷着脸不肯看言笑笑,只是盯着司安,一双凤眸像淬了火一般。

什么哥哥,不过只是一个抛弃过她的人。

居然还敢当着他的面把他的人拐走,抱在怀里,还让她哭了!

司安也不甘示弱地回望过去,眼神中暗含挑衅。

言笑笑不懂这两人之间是有什么过节,但饶是神经大条的她也敏锐地察觉到此刻的气氛有些剑拔弩张。

她有些不安地扯了扯周夙的袖子,小声唤道:"官爷……"

周夙低头,目光落在她被水汽弥漫的杏眸,眉头渐渐收拢起来,他伸出手,拭去她眼角残存的泪痕,不悦地说道:"哭什么?他欺负了你,我自会替你百倍讨回。"

官爷这是要替她出头?

言笑笑惊讶地张了张嘴,又合上,欲言又止:"唔,我只是在缅怀过去,有感而发罢了。"

"既然这过去令你落泪,便不值得留恋。"说罢,周夙抬了抬眼,瞥了一眼站在那边的司安。

司安袖中的手暗自握紧了拳头,面上却未显现。他勾了勾嘴角,并未戳穿周夙的身份:"此话差矣,这位公子让笑笑忘记自己的哥哥,不觉得强人所难?"

周夙也笑了下,凉凉道:"九年了无音信的陌生人?"

瞬间场面变得有些沉默。

司安没想到言笑笑连这个也跟他说了,他咬了咬牙,随即故作低落地说道:"我自有苦衷,此中缘由我会和笑笑解释清楚,不劳外人费心。"

周夙还打算反击,横在两人中间的言笑笑却突然抬头,水汪汪的杏眸对着他眨呀眨："我想听听他的苦衷。"

周夙脸一黑。

司安肆无忌惮地勾起嘴角,脸上的挑衅无所遁形。

她难道还打算相信眼前这个言而无信的男人?

他为她做的这一切,难道她都不放在眼里?

仿若看穿他的所思所想,司安讥讽地笑了,径直敲打起来："周公子莫非不急着回京?笑笑只是普通人,还是不要让她卷进周公子的家事中,你觉得呢?"

这八皇子谎话连篇,也敢质疑他对笑笑青梅竹马的情谊,他还不配!

周公子?

言笑笑满脸诧异："咦,你们认识?"

周夙脸色一变,错开她探究的目光。

现下决然不是个解释的好时机,他更不愿在这个话题上同她过多解释,只会越描越黑,他点头："有过数面之缘。"

恍然大悟的她点了点头,信以为真。

"想不到官爷跟小安哥哥认识,真是有缘欤!"

周夙心想缘分个屁!苦于自己的身份不便暴露硬生生忍下了这口气。

司安薄唇微勾,瞬间移动身形,将她带到身侧,不给周夙丝毫拒绝的机会："我带着笑笑先行离开,就劳烦周公子断后,来时我正好看到接应你的人,就不多作陪了。"

说罢,司安就要将她扶上马鞍。

接应官爷的人?

是不再需要她护送入京了吗?

言笑笑被拽上马匹，仓皇地回首望了眼周凤，却见他有些萧索地站在原地，一动未动。

明明近在咫尺，却有一种远在天涯的感觉。

她执着而又狠狠地盯着他的脸，他却始终没有转过头来。

自始至终，言笑笑都未曾等到他的一丝挽留，她便清楚地明白，周凤与她，终归是过客。

舔舐在木人桩上的火舌，颜色越发鲜活，熊熊燃烧的烈火映衬在他清隽的面容里，温热中透着冷漠。

骏马不断带着她朝着与他相反的方向远离，两人之间的距离不断拉大，直到再也看不清他的脸，她才自嘲地轻笑了下，低声呢喃："官爷，再见。"

江湖这么大，或许是再也……不见了吧。

那声音低到几乎不可闻的告别消散在了风中。

周凤一直站在原地，直到天色都变暗了下来，他才缓缓抬眸，此时言笑笑若在场，定会十分惊讶，往日无所不能的官爷，此刻却红了眼眶。

他慢慢地抬起手，捂住胸膛，仿佛有什么东西在心房处寸寸龟裂。

修长如玉的手指不禁紧握成拳，指甲用力地掐着手心的肉，他张了张口，声音嘶哑得仿佛三天未曾饮水："笑笑……"

京中政事复杂，他虽有把握能在权谋之争中击败史贵妃，却如司安所言，不该牵扯笑笑进来。

欠她的解释，便在下次相见时一并补上。

反正来日方长，他总能找到她。

暗卫们此刻才姗姗来迟，整齐划一地跪在他的跟前，尚未来得及开口，周凤已然翻身上马，冷声道："入京！"

祭司意外惨死于家禽的践踏下，寨中这帮乌合之众，因为惧怕旱魃，刚入夜，又见蝙蝠漫天惊飞，便都吓得仓皇失措，返家紧闭门窗，瑟缩地躲在墙角不敢出声。

一路上骑着骏马，畅通无阻的言笑笑，终于等到了迟来的解释，小安哥哥的苦衷，同她年长晓事明理后的推断相差无几。

当年，天教群龙无首，司安身为教主独子，父母横死，家破人亡，流落江湖三载。

接他归京的文士，乃是现任天教幕后掌教人秦云。亲迎司安归教，不过是为了他的尊贵血脉，借此由头，名正言顺扶持司安成为傀儡教主好把持政权。

那一日，秦云带着人马，将残破的院子围得水泄不通，虽然扮演起仁慈长辈，洞察秋毫的司安依然看出蹊跷，故作目光短浅的纨绔，果真令对方放下戒心。

表面上一幅叔侄温馨的画面，实则暗潮涌动，归教路途凶险异常。

一经试探，司安断然不敢让秦云觉察到言笑笑的存在，匆匆登上马车催促返教，没想到外出觅食的幼小身影正巧看到这一幕，不气馁地在马车后穷追不舍，一边追一边喊着他的名字："小安哥哥……"

声声似鼙鼓，击打着他的心房，揪得人发疼。

待价而沽的秦云，似瞅货物般打量起裹挟雪团的小人，虽看不清满脸雪花下生得是何模样，仍不怀好意地试探了句："我看你挺在意这个小姑娘，可要将她一并带回？"

司安心底"咯噔"一下子，心悬在嗓子眼，只感觉到脊梁骨一阵恶寒，生怕眼前伺机而动的毒蛇觉察出什么，不敢对上言笑笑期盼的目光。

只要他胆敢泄露一丝不舍，他放在心尖上的人，便会落入万劫不复的深渊。

故而，他故作冷漠地让秦云驱车离开。

当他离开时时，笑笑定然不知，他的心正在泣血。

她的年岁还那么小，往后的日子，没有他，她该怎么办？

然而，只要她不落入秦云手中，性命就不会朝不保夕，就不会成为挟制自己的筹码。短暂的分别，对他，对笑笑，都会是最好的安排。

此别恨匆匆，不尽愁思，可望而不可即。

风里传来隐隐约约的哭泣声，他还必须强颜欢笑，戴上虚伪的面具。

步履维艰的司安，在天教内韬光养晦，以骄奢淫逸、荒唐度日示人，经年累月后，终于羽翼渐丰。

当他强大到不怕软肋在侧，能够护笑笑周全时，方才发现，最初与她居住过的居所，只剩断瓦残垣。

那个被他放在心尖上的姑娘，彻底被他弄丢了。

今时今日，遗珠失而复得，憋在他心底九年的解释，终于得以亲口对她吐露。

埋藏在言笑笑脑海里的最后一丝埋怨、委屈，终是烟消云散："小安哥哥，我就知道你是有苦衷的，我……"

言笑笑说着说着哽咽起来，司安毫不犹豫将人拥入怀中，轻抚她的后背："别哭，往后有我，谁也不会再欺负你。"

听闻此话，言笑笑破涕而笑："小安哥哥放心，我早已不是当年那个受人欺凌的小姑娘，现下我可以保护自己。"

司安沉默不语，当年软糯的团子，已经不会再拉着他的衣袖，事事征询他的意见，羞涩地藏在他背后。

终究是物是人非。

他苦涩地笑了下，却不再多言。

如今人已寻回，漫漫长日，不急于此时。

揉了揉她的发髻，面色温软："待此间事了，我带你回家，现下先去与你朋友会合。"

"好，都听小安哥哥的。"

不消多时，言笑笑与司安终于在密林深处与接应他们的马彪一众顺利碰头。

见到她安然无恙，王娇全然忘了自持，激动地挥手叫唤道："笑笑！这里！"

言笑笑下马后，王娇扑上去忽地紧紧拥住她，庆幸不已："你没事真是太好了，我就怕你受了欺负。呜呜……若是你为了救我将自己搭进去，那真是太不值当了！"

言笑笑替她拭去眼角的泪水，安抚她："莫要哭了，好好的美人，梨花带雨的多令人心疼，我这不是好好站在你跟前。"

顿了顿，她又朝着马彪郑重表示感谢："若非马老大帮忙，我也不会顺利逃出寨中。"

马彪哈哈大笑，挠了挠头，颇为不好意思道："老子可不敢居功，都是按照司公子的交代，泼鸡血吸引蝙蝠，那些村民之前受了旱魃的惊吓，果然着了道，吓得半死闭门不出。"

合着是小安哥哥出的计谋，怪不得退路都安排好了。

她回头看了眼司安，对方含笑望着她，并未多言，好像他为她做什么都是理所应当一般。于是她转过来询问起王娇："娇娇，我先送你入京？"

然而王娇尚未来得及开口，马彪急忙开口拒绝道："不用麻烦你了，我送娇娇入京即可。"

"你？"后话她却没有明说，不久前，马彪还惦记着将王娇卖入万花楼换银子，如今却一百八十度大转弯。

马彪分外不好意思，轻咳一声："老子发誓一定会将娇娇照顾得无微不至，将她安全送入王家宅院。"

王娇立刻附和："我相信彪哥。"

这莫名的信任感哪儿来的？

言笑笑眼珠子滴溜溜地转。她再蠢，也觉察出两人非比寻常的关系，欲言又止追问："你们……"

马彪瞧着心尖上的姑娘满脸娇羞，自是不忍让她一个姑娘家解释，连忙站出来："官家小姐注重名节，我与娇娇孤男寡女共处一室，定是要对她的清誉负责，待送她入京后，便登门求娶。"

言笑笑呆住了，一时间竟无言以对。她怎么也未料到会是这个答案，不可置信地将马彪上瞅下瞅，打量了几番。

还好马彪是个痛快人，脸皮也厚，不似读书人那般矫情，他开怀大笑，敞开说道："瞧仙姑这模样脸上就差没写着'一朵鲜花插在牛粪上'了，难道仙姑不知，鲜花插牛粪，越养越娇艳？"

言笑笑噎了噎，这臭不要脸的，真敢往自己脸上贴金！

王娇却满脸羞红，往马彪手臂上狠狠掐了下，急急瞪了他一眼："休要胡说，笑笑会笑话我的。"

这还没嫁呢就在她跟前上演你侬我侬，言笑笑忙摆手："我可不敢！只能提前祝你们白首偕老，鸾凤和鸣！"

王娇跺了下脚，满脸羞涩地背过身去，哪还敢对上言笑笑探究的目光。

你情我愿，果真如官爷说的，情之一事半点不由人。

当事人的幸福，外人无法体会，才会用着庸俗的目光审视。

直至目送马彪与王娇远走，看着两人你侬我侬好不亲密的样子，言笑笑浑身打了个战："小安哥哥，还好有你。不然今天这个狗粮就撑死我了。"

修长的手指揉了言笑笑毛茸茸的脑袋，久违的熟悉触感传递到她的身心，她瞬间觉得暖和些许。

他低声说："往后我会一直陪着你。"

直到永远，不离不弃。

多少年了，这句承诺她以为早已忘记，如今再次听见，蓦然发现，其实一直刻在她心底。

言笑笑听了，歪着脑袋看他，笑得眉眼弯弯："我们是家人，自是不离不弃，直到永远。"

第六章

相思

独倚阑干凝望远，半方荷塘已凋谢。

任由时光流转，心若死灰一如繁花逝。

轻盈掠过水面的蜻蜓驻足荷尖，惊醒目光凝滞的言笑笑，仿若又在碧波粼粼间看见那日别离时他清冷淡漠的面容。

呵，都过了三个月，她还想这些做什么？

言笑笑轻叹一口气，选了一些饵料抛洒进池塘里，寻觅而来的鱼儿穿梭游弋，争食不止。

百年合欢树前的戏台上，伶人正唱着婉转悠扬的曲调，借着绿树成荫清风徐徐，每日里她都会到这露天戏台听曲，席间自有下人们早早备好时令果鲜、甜糕，偌大的戏台前堪堪搭了十余桌方几，场场座无虚席，在座的无不是高官显贵的家眷。

小安哥哥如今发迹成了一教之主，倒叫她也沾了光，活了十八载春秋，头一回体会衣来伸手饭来张口的惬意日子。

言笑笑嗑着瓜子，仔细听着京中这出名不见经传的新戏《共眠》，据传近日来各戏台争相演绎很是火爆。

这戏讲的是一位二八妙龄情窦初开的落魄小姐将与县令公子私奔，却被恶毒县令灌下砒霜，香消玉殒的故事。

独活世间的公子是个情种，誓要迎娶亡故的落魄小姐牌位，让她安葬于自家祖坟，不至于成为孤魂野鬼，奈何落魄小姐的双亲吸尽亡女最后一滴血，早早将落魄小姐的尸体配了冥婚。

书生得知后欲高价买回心上人的遗体，哪里想到，起坟才发现新棺中空空如也，满怀希冀的书生备受打击，依然不曾放弃寻回挚爱。

多番搜寻和查证后，他发现买卖冥婚的幕后团伙有一条产业链，他们背信弃义，将一具尸体反复贩卖，大肆敛财，更有甚者，将活人绞杀后配冥婚，而这团伙的操纵者竟是自己的亲生父亲一城县令。

内心挣扎的公子为了避免再有无辜百姓受骗，选择大义灭亲，瓦解了冥婚团伙，可惜这位公子没得善终，被侥幸逃脱的团伙喽啰残害了。

百姓们对公子心怀感恩，将他与落魄小姐的遗体同棺下葬，希望两人在奈何桥上再续前缘。

大戏落幕，台下的观众们听闻奏响耳边的哀乐丧歌，此起彼伏间如泣如诉的悲戚绵延不绝，不知道的人还以为今儿个此地正在操办丧事。

不知为何，言笑笑看完后若有所思，她细品了会儿《共眠》这出戏的用意，蓦然发现幕后之人疑似别有用途，企图借冥婚故事影射些什么，而看完戏的观众无一不在批评此等民俗陋习，这，似乎就是那人的目的。

不仅如此，待这出戏在底层百姓间风靡起来，他们会逐渐意识到，冥婚不过是供人敛财的工具，并不能令亡者安息，反倒致使坟冢遭到团伙肆意破坏，终是害人害己的行径，到那时，官方再出面遏制这类民俗陋习，便顺理成章。

莫名地，那一日官爷同她说过的话犹在耳畔回响："舍本逐末不是解决之道，只有上头的人重视起来了，才能化解顽瘴痼疾。"言笑笑猛地摇了摇头，自嘲地笑了下。

不对，她怎会有如此荒唐的想法，竟觉得这曲新戏出自官爷之手？

他不过是个无阶无品的低微武官，怎可能涉及政事？

可是，会是他吗？

她轻蹙柳眉，不禁陷入沉思，捏在手心里的瓜子何时落了一地犹不自知。

三个月未见，不知他可安好？

入京是否顺遂？

罢了，这些又与她何干呢，他们现在已经没有任何关系了。

周遭的嘈杂声不时钻进耳朵里，满脸愁绪的她抬起手搭在眼帘，不愿再将脆弱暴露人前。

忽而狂风凛冽，枝丫上的娇花颤抖摇曳，言笑笑捋了捋耳畔被风吹乱的发丝，转头望去，正好瞧见绕过廊檐的下人正要将手中果盘交予服侍她的丫鬟，未想到"哐当"一声巨响，下人不慎将瓷器倾倒在地，他立时佝偻着身子骨，诚惶诚恐："对不起，实在对不起。"

"你怎么当差的？"

熟悉的嗓音成功吸引了言笑笑的注意力，她定睛一看，廊檐下的那张熟悉面孔，不是马彪又是谁，稍一寻思便向他招了招手："是你将果盘打翻的？"

马彪步履匆匆赶到她跟前，一拱手，装作毕恭毕敬："在下一时失手，实在不是有意为之，还望小姐不要怪罪。"

言笑笑心下了然，朝着丫鬟挥了挥手，打发她去取新的果盘，等她走远了，方才转过头，压低嗓音问："你扮成下人混进戏园子作甚？"

见四下无人，马彪"噌"地挺直腰板，面容里尽显激动："总算让老子找到你了，仙姑是不知道，那司安将你藏得是严严实实，老子到处打听了将近两个月，才探到你的落脚点！"

言笑笑愣了愣，马彪这话是何意？

小安哥哥为何遮掩她的行踪？

如今却不是追究这个问题的好时机，须得解决当下。她问："你寻我作甚？"

"是娇娇让老子寻你，具体原因老子也不清楚。"

这个答案令她更为疑惑："娇娇？她怎么了？"

提起此事，马彪激动的神色瞬间化作苦楚，微微勾起嘴角自嘲地笑了下："她被王都指挥使禁足府中，老子已有两个月不曾见过她，原本还能通过丫鬟传递信件以慰相思之苦，后来估计被王都指挥使发现，便彻底断了联系。"

言笑笑满脸愕然："王都指挥使？"

马彪轻叹了口气，颇为感伤无奈："嗯，正二品掌管京畿重地的统兵大人，他膝下就娇娇这么一个独女，平日里奉为至宝。"

正二品的王都指挥使！

她是想过娇娇身份贵重，可怎么也未料到竟是这般尊贵，一时间叫她难以消化。

无须多思也猜得到，是王都指挥使棒打鸳鸯，不愿将宝贝女儿下嫁身份低微的马彪。

这个结果虽在意料之外，却是情理之中。

"那你苦苦寻我数月，可是有什么地方能够让我帮助你们？"

见她丝毫未追问王宅下人如何用言语羞辱他的事，马彪更为感激："老子就晓得仙姑是个明白人，一点就通，还特仗义！"

言笑笑不知怎的叹了口气，捏起一瓣橘子放入口中，很是气馁："莫要给我戴高帽了，我那点小伎俩也就混口饭吃罢了，应付王都指挥使这等高官显贵，怕是心有余而力不足。"

紧挨着方几的马彪苦着脸，思来想去之后还是继续恳求道："老子也晓得这是在为难你，可是娇娇特意交代，再三嘱咐，只有你能救她！真的！不然老子费那么大劲寻你作甚？"

这个答案更是令她错愕："此话怎讲？是让我劝说王都指挥使同意你们的婚事？"

"不知道呀！这不是至今联系不上娇娇，只是我听说王都指挥使有意将娇娇嫁予太子殿下。"

"什么？！"嫁给那位约莫只晓得开疆扩土的八皇子？

喔，就在三个月前，那位亡故曹皇后所出的八皇子，刚被册封为太子殿下，如今陛下身子骨每况愈下，已是油灯枯竭，再无力过问朝政，太子监国后，继承大统不过时间问题。

近来席间听戏时，常闻官夫人们私底下议论，都言太子殿下深明韬略，善晓兵机，是个有大智慧心怀天下的明君。

太子殿下回京不过三个月，力挫外戚势力，整肃朝纲，重振法纪。

她一介下九流，何德何能敢管一国储君的婚事？

"马老大，你确定不是在同我说笑？"

瞧着她面容里全然写着不相信，马彪不禁自我怀疑起来："呃，老子也知晓因为此事寻你实在滑稽至极，可是娇娇真是这么交代老子的，老子可以对天发誓！如有……"

"行了，行了，我自是信你。那我想法子见一面娇娇，当面问她好了。"

"好！老子就知道仙姑最是仗义！"

"八字没一撇的事，莫要高兴太早。"言笑笑无奈地说。她不知道马彪对她哪来的信心，她真是满心满眼觉得，自己只怕连王都指挥使的府门都进不去。

江子衿立在阙楼，看着言笑笑跟着马彪匆匆走出戏园，余光时不时打量起司安的背影，她始终琢磨不透，教主为何临时变卦让言笑笑跟随马彪离开，她不是教主大人心尖上的人？

瞧言笑笑这一去定是直奔王宅，待见了王娇，知晓八皇子即是周夙，不就彻底将人往对方怀里推？

明明教主大人找了她九年，她怎能说走就走，说忘就忘？

司安回头，看到江子衿一脸愤懑，他勾起嘴角，眼中却不见一丝笑意："你怎么一副比我还要心痛的表情？"

她确实不甘心，愤愤地说道："子衿斗胆说句不中听的话，太子殿下这些日子越发针对您，既然他心底惦记着言姑娘，当日怎就说走就走，现在急个什么劲？

"您只在这远远地看着她，可言姑娘如何知晓您对她的好，对她的默默付出？

"如今这般轻易被人拐了去，可见言姑娘心底未曾记挂教主大人，您又何必自讨没趣？实在不值当！"

司安转过身，望着苍穹里自由飞翔的鸟儿，半晌后，他有些冷漠的声音响起："你逾矩了，子衿。"

闻言，江子衿立即跪下，低着头，有些惶恐，又有些不甘地道："请教主原谅。"

司安没有回应，也没有唤她起身。他又何尝不知笑笑如今对他的感情？

但感情的事，哪能用值与不值去衡量？谁付出的多一些，失衡天平倾斜那方就显得卑微了些，若每每目的不纯付出以求回报，那只会令她感到不齿。

三个月来她以为强颜欢笑就不令他忧心，殊不知他却看得清清楚楚，她眼底尽是掩不住的愁绪与哀伤。

他能够嘘寒问暖，给她金山银山，把她宠成世家小姐一般。但他无论怎么对她好，都换不回她鲜妍热切的笑靥，倒不如放行任她天高海阔。

即便她选择了那个自认为懂她的男人并肩同行，他依然愿意守着她，护着她，不许人欺辱她半分。

只是，她若是摔得遍体鳞伤，是否后悔？

至少他后悔九年前自以为是顾念她的安危，将她撇在纷飞的大雪中，若能重来，他定会义无反顾将她抱上马车，可惜时间并不能倒回。

悠悠吹来的北风掠过平静湖面，泛起阵阵涟漪，婉转悠扬的小调，时不时从戏台飘来，那抹赫赤如烈焰般的艳色衣裳在风中猎猎，一缕清风把他的思绪带往远方。

九年啊，真是太久了。

江子衿静静注视着司安忆起三个月前传来密报时，也是这般冽风呜咽的日子，一阵紧似一阵，好像那位大人凛冽的心绪。

那日，厢房内正在纸上勾勒云锦的司安，越发显得心不在焉，本以为这些年身体上的痛已经麻木，奈何此时，隐隐作痛的胸口越发有逐渐蔓延四肢百骸的趋势，他却有无能为力之感。

刚得知消息匆匆赶来的江子衿，只远远看了一眼，便已看穿他的情绪，她小心地试探了句："听说您将言姑娘顺利接回来了？"她心中暗想：人都回来了，他怎么还看似不高兴？

握着毛笔的修长手指突然顿住，又故作无恙落下一笔，司安的嗓音淡淡，只是那股极力遏抑的滔天怒意还是让她察觉，"嗯，我到淮山县的前三日，她与周夙在一起。"

"周夙？"这名字为何如此耳熟？

恍若无数次听过，江子衿搜寻一遍脑海又觉得十分空白，思索了好一会儿，方才忆起来这是谁的名字，满脸不可置信确认道："圣上属意继承大统，刚入京的那位八皇子？"

她若没记错，八皇子是叫周夙。

不过那位站在云端之巅的天之骄子，怎会与混迹下九流的言笑笑有所交集？

这真是太不可思议了。

他头也未抬，仍在专心致志勾勒云锦："周夙假死，躺于棺中借机入京，正巧是笑笑哭丧，马匪袭来那日，我意外救下笑笑，却将人错认了，笑笑为了逃过搜寻，情急之下躺进了棺材夹层，后被证实，她与周夙在狭小的棺材里共度了一宿。"

明明司安这番话陈述得极为平静，可她仍是觉察到了隐含的仿佛能将人吞噬的怒意与悔意。

他寻了言姑娘九年，盼了九年，却在眼皮子底下擦身而过。

若非如此，言姑娘怎会与八皇子孤男寡女共枕而眠，两人如此亲密，教主大人如何能够忍受？

光想到他心里是怎样的痛与悔，江子衿便觉得一块大石头压在胸口，险些令她窒息，她沉沉地吸了口气，斟酌起用词："他们相识不过三日，或许感情并不深厚。"

"感情？""砰"的一声巨响，司安的拳头重重砸在紫檀条案上，埋在他心底的怒火终于无法遏制，手中笔杆瞬间折成两截。他阴森森地说道："全上京这么多女子，他为何偏偏惦记我放在心尖上的女人！"

江子衿只觉得脑袋"嗡"的一声，看着面前的他牙齿咬得"咯咯"作响，紧握的拳头上道道青筋，仍觉得难以置信。面前彻底失控的男子，是她认识的教主大人，多少年了，他一直喜怒不形于色，如今竟因为言笑笑……

"教……教主大人怎就确定八皇子惦记上了言姑娘？或许只是被迫的短暂同行。"

"那是因为你不了解周凤。"

周凤外表看似温文尔雅，实则心思缜密，面温心硬，倘若他不愿，自是有千万种理由不让女人近身，可笑笑却罕见地近了他的身，还让他有违常理地不顾礼法共枕而眠，这份心思难道不是昭然若揭？

江子衿沉默了，她想，依言笑笑低微的出身，遇见风姿俊秀的八皇子，一定连拒绝的理由都没有便彻底沦陷在情网中。

可这番话实在太伤人，她不愿见到教主大人为了一个薄情寡义的女人做出出格的事。

"她若是心里装着别的男人，您还要吗？"

司安阴翳地说："那就把那个男人从她的心里剐出来。"

多么斩钉截铁的语气，然而不过三个月，教主大人如今就不忍见她神伤，任她离去，言笑笑在他心目中就真的这般重要？

为了她可以一次次破例，卑微祈求，最终妥协。

江子衿永远参不透，悟不明。

言笑笑跟着马彪绕了三条街巷，穿过四道胡同，终于匆匆赶到王宅大门前，被迫独自奋战的言笑笑挺直脊梁骨，尚未迈上台阶，身躯凛凛的门房大步流星堵上前来："你是何人？可有名帖？"

瞧着跟前俯视自己的魁梧汉子，言笑笑不禁咽了咽口水，若非她是个娇滴滴的姑娘，看上去没有什么威胁，这凶巴巴的门房怕是要唤人将她驱赶。

被人嫌弃的她一时间竟不知如何回话，见他又要发难，硬是扯出一个笑："我是贵府王娇小姐的至交，今日不请自来，实则有要事相商，劳烦通报一声。"

门房将她由上至下瞅了个遍，从衣裳琢磨到发髻上的珠花，确定是个生面孔，还未带丫鬟，可见出身不上台面。确定京中权贵府中无这号模样标致的美人，于是他轻蔑道："你出自哪个府上？我们小姐不是什么阿猫阿狗都能见到的，再不离开，休要怪我不客气。"

这是要撵人的架势，言笑笑没办法，只好塞两块碎银讨个方便，正当她翻找荷包时，突然从中掉出一块碧绿玉佩，眼尖的门房随意瞟了眼，未曾料到看见玉佩的纹饰，脸色"噌"地白了两分，眼疾手快扑了过去，赶忙将其拾起递给言笑笑："这……这玉佩是小姐您的？"

言笑笑愣了愣，蓦然忆起小安哥哥当时给予她时说过的话："若是在京中遇到麻烦，就亮出这块玉佩，这样别人就不会再为难你。"

没想到这块玉佩到了王都指挥使府上也好使，她顺势接过，点了点头："是我的。"

门房猛地擦了擦额际上的汗珠，赔笑连连："小的有眼不识泰山，没有认出小姐，还望小姐莫要怪罪。"

言笑笑将信将疑，但还是没再绕弯："那现下我能见你家小姐了？"

"那是当然，贵客临门，哪有拒之门外的道理，还望小姐里边请。"

站在深巷探出脑袋的马彪，瞧见她顺利进入王宅，顿时松了一口气。

竟真的进去了？

瞧瞧那门房趾高气扬再勾腰赔笑的奉承样，不愧是仙姑，脑子果然活络！

言笑笑在王宅的庭院中见到王娇，三个月未见，不曾想到她竟消瘦许多，愁绪尽染眉梢，空洞的眼神凝望着高墙外展翅高飞的鸟儿，露出一副哀伤的表情，柳弱花娇的美人叫人见了忍不住心生怜惜。

"娇娇。"

言笑笑极轻地唤了声，王娇闻言一震，立即转过头来，见到是她，哪还顾得上仪态，快速奔到她的身边，径直扑了过去："呜呜！笑笑，你终于来了！我以为再也见不到你了！"

言笑笑好一通安抚才安抚好泪眼婆娑的王娇，见王娇情绪平复，便将马彪给予的信函塞进她的手心里，问起正事："你让马老大费尽心力寻我作甚？他也说不出个所以然来，我可是费了好大劲儿才得以迈过你家大门。"

说罢，言笑笑轻挑眉梢，指了指她捧在怀里奉若珍宝的信纸，打趣道："莫不是思念成河，想让我给你做个信差？"

喜笑颜开的王娇小心翼翼折叠信函收入袖中，方才瞪了她一眼，"这般大材小用的事，我哪敢？是想求你帮我解决婚事。"

言笑笑不禁叹了口气，娇娇真是太看得起她了，阻拦一国储君的婚事，她就是有十个脑袋也不够砍。

她不由得旁敲侧击问了句："你见过太子殿下？为人如何？"

王娇磨蹭良久，无端忆起那一日得见太子面容时，险些惊吓得失了魂："太子殿下召见过我一回，人……人是非常好相与的人……"

见一面就觉得对方是非常好相与的人？

再观她扭扭捏捏不愿多提的模样，莫不是藏了什么不可告人的秘密？

"你对太子殿下莫不是生了……不一般的情愫？"

那马彪估摸着要被抛弃了。

王娇急急捂住她口无遮拦的嘴："不，不，不！你在胡说什么！太子殿下心底有人！这话莫要乱说！会死人的！"

言笑笑愣了愣，既然不是这个答案，不能理解她反应为何这般大？

一副言不由衷的模样，更猜不透她心底究竟想的是何意思？

"喔，那你寻我意欲为何？"

得了周凤交代，王娇并不敢具数向她吐露，此中干系三言两语也解释不清，况且笑笑与太子殿下相识不过三日，两人感情如何，她一介外人更不清楚，还是依太子殿下的意思，让他们见了面自行叙话好了。

想了想，王娇换个方向解释道："笑笑，你恐怕不知我娘与史贵妃是亲姐妹，史贵妃欲扶持膝下幼子继承大统，然而自从太子殿下整肃朝纲后，史贵妃所执掌的外戚已渐式微。"

"这桩婚姻表面看似联姻，实则涉及夺嫡，我这种出身的女儿家，即使嫁入东宫，也不过是个安插在太子身边的眼线，指不定身不由己，还会在关键时刻给太子殿下捅上一刀，太子殿下对我除了厌恶再无其他。"

这更是令言笑笑听得不甚明白，夺嫡都出来了？

知道这件秘辛，她会不会遭人抹脖子？

瞧她满脸写着惶恐，王娇忽然觉得话语重了些："笑笑，你莫要害怕，不是你想的那般，我只是想让你见一见太子殿下，替我彻底推掉婚事。"

闻言，言笑笑险些无言以对，好半晌才鼓起勇气拒绝："你哪里来的底气？不是我不愿帮你，实在是那太子殿下是圆是扁我都不知，面见储君这么大的事，我怕弄巧成拙帮了倒忙。"

眼看着软的不行，王娇终于亮出底牌："不会，司安乃是天教教主，陛下都要忌惮三分，太子殿下看在他的面子上，断然不敢把你怎样。"

"什么？"这回她终于听明白了，合着娇娇是想借小安哥哥的势。

　　怪不得门房见了玉佩似活见鬼，立刻毕恭毕敬放行，原来她也可以有狐假虎威的一天。

　　王娇摇晃着她的手臂，又是撒娇又是恳求道："我求你了，笑笑，就这一次，你入宫去见太子殿下，替我将此事说清楚，难道你忍心见我与彪哥被生生拆散？"

　　"你去求，太子殿下一定会仔细考虑！"

　　昔日恩人如此恳切地请求她，言笑笑并非铁石心肠，只好应承下来，承诺择日入宫，求见太子。

　　王娇本欲催促她即刻进宫，转念一想又生生止住了话语，如今夜幕浓重，还是莫要急这一时半会儿，便任由她独自离去。

　　离开王府，言笑笑与马彪又在茶馆碰面，另行商议对策，直到夜色已深，才漫步在月光下返回院落。

　　司安坐在言笑笑房中，持一杯酒，对月独酌，呛喉的液体灌进口里，歪倒在几案上的酒壶数之不尽，他从未如此失态过，但眼下他只求醉生梦死。

　　将这一切看在眼底的江子衿劝不了也迈不进这扇门，只能站在屋外暗自焦急。

　　然而没过半晌，里头又传来一道冷冷的吩咐，与平日的冷静不同，这声带了明显的醉意："来人，上酒。"

　　江子衿没有动。

　　等了一会儿仍未见人上酒，司安不耐地转过头，模糊的视线瞥到外面站着一个女子的身影，瞬间一喜，迅速站起来，然而跟跄走了两步后，他认出了江子衿，又不由得感到一阵失望，跌坐回去。

他低声呢喃:"她还是进宫了,对不对?"

都这个时辰了,言笑笑迟迟未归,毋庸多思,也知人是被太子殿下留宿宫中。

他不过是在自欺欺人罢了。

江子衿叹了一口气,既然他放不下,为何还要故作大度放人离去?

她沉默地迈过门槛,拦住他握在手心里正欲往口中灌下去的烈酒,柔声安抚:"您醉了,我扶您回去早些休息吧?睡醒了,言姑娘想必就回来了,您若是醉得不省人事,总不愿让言姑娘看到您这副狼狈模样?"

他眸色颤动,终于松开了握紧酒壶的手。

无论何时何地,他自是不愿在笑笑面前有任何失态,此刻不太清醒的他有些自嘲地笑了笑:"她还会回来吗?"

"当然,明儿一早言姑娘就会回来,您与她相伴多年的情谊,她怎忍心弃您于不顾?"

可他忽然蹙起了眉头,认真地问:"是吗,她真的会不忍心吗?"

他的目光飘向遥远的巍峨宫阙,低声道:"我想去找她。"

"教主,不可!太子殿下继承大统只是时间问题,哪怕是您,也没有资格管太子的家务事,如今言姑娘已入宫,您去找她,岂不是害了她?"

她说得没错,他的出现,约莫只会害了她。

倒是他还有何资格,大言不惭说着默默守护她一辈子?

司安久久凝望着远方,不甘心地合上眼眸,紧握的拳头尽显青筋，忽然，他摇晃着撑起身体，嗓音却冷硬坚韧："你出去吧。"

当言笑笑拖着疲倦的身体回到安静的院落时，远方的天色似打翻的浓墨，孤月刚至薄云后露出边角高挂碧空，屋前枯木上的寒鸦忽地振翅高飞，震得枝丫仿佛在夜风里瑟瑟发抖。

还未迈进屋子，她已闻到一股浓烈的酒味，走近一看，只见衣衫不整的司安倚在她的拔步床上，双眼紧闭，手里还捧着坛子大的酒缸，地上遍地狼藉，十几口空荡荡的酒缸歪歪斜斜倒落一地。

言笑笑被眼前的景象惊得目瞪口呆，顾不得思考，像疯子一般冲到他跟前，小心翼翼叫唤："小安哥哥？小安哥哥……你怎么了？"

"笑笑？"闻声，倚在床沿的司安歪着脑袋，一双桃花眼就这般迷离地瞅着她，见面前的姑娘没有动作，又转回头看了眼怀里的酒坛，低笑一声，"看来是喝多了，眼神都不好使了，笑笑怎会在此。"

说罢，他又继续笑着摇头，只是那笑容充满了苦涩："她不会回来了，不会。"

话音刚落，他猛地灌了一大口酒。

言笑笑不禁抽了抽嘴角，觉得莫名其妙，小安哥哥莫不是误以为她今夜迟迟未归，是不告而别？在为她的离去而伤心？

她不由得凑得更近了些，拍了拍他的肩膀，轻声低唤："小安哥哥，我在这儿，哪儿也不去，你别再伤心了。"

司安一个重心不稳瘫倒在床上，怀里的酒坛子蓦然跌落，哐啷两声，脆生生地撞到脚凳方才停止滚动。

他就这么瞪大眼珠子看着言笑笑，眼神涣散后又复了清明，试探似的呢喃着："笑笑？"

"我在。"小安哥哥是那般意气风发的人，今夜怎会任由脆弱暴露人前？

他向来逞强独自面对，有话也是憋在心底死也不说。

想到这儿，言笑笑心疼不已，连忙软声细语安抚着："小安哥哥，你怎么了？"

几声低吟终将他唤醒，他迷蒙地睁开眼，对上面前满是担忧的眼神，眼睛渐渐恢复焦距。

她回来了？

她没有离开？

他脑袋里"嗡"的一声，心底溢满的狂喜顷刻间迸发，再也抑制不住激动。借着酒劲，他揽过她的腰肢，炙热的唇落在她的颈项，隐忍克制又透着浓烈的欲望，恨不得将她吞并入腹。

言笑笑心底紧绷的那根弦彻底炸裂，僵硬得不敢动弹——

他在对自己做什么？

她只感觉喉骨酥痒难耐，起先他只是擦拭吸吮着，到后来越发肆意妄为地磨咬舔舐，她脑海中闪过一双熟悉的凤眸，让她瞬间清醒过来，惊慌失措地将司安狠狠推开，失声惊叫："你喝醉了！我是笑笑！"

哪里想到他臂力惊人，任她奋力挣扎，依然不管不顾地将人紧紧揽在怀中，嗓音喑哑："我没醉，我要你，笑笑。"

这一刻，心底的某个闸被彻底打开，洪流奔泻而出。他恶狠狠地道："你不过认识周夙三日，究竟看上他哪一点？我与你相伴三载，一千多个日夜，怎就敌不过这区区三日？"

她怎么也没想到,司安会这么直白地将这层窗棂纸彻底戳破,她的脸瞬间变得煞白。

她心底最深处的秘密被他无情揭露,三个月以来,她一直不肯正视司安向她的示好,她一直以为自己将心事隐藏得很好,却不想自己的感情就这般赤裸裸地呈现人前,连一丝遮羞布都未能给她留下。

她用力推开了司安,好半晌,才张了张唇瓣,溢出三个字:"你不懂。"

没想到司安怒极反笑:"我是不懂,周凤乃当朝储君,未来要继承卫国大统!你跟了他,是想后半生都困在皇宫里与冰冷的高墙与孤独相伴终老?还是心甘情愿忍受他的身边妾侍成群而无动于衷?"

"什么?"她呢喃两声,踉跄地后退了半步,满脸不可置信。

储君?

他是卫国太子?

怎会是太子……

眼帘莫名浮现那人俊朗的姿容,举手投足分明是常年浸染的上位者威仪,怪不得她也曾感到疑惑,武馆身上怎会有如此气质。

她竟荒唐地相信他说的只是个"毫无阶品""文不成武不就"守大街的士卒。

怪不得娇娇让她入宫求太子取消婚事,估摸着是希望周凤念在与她相识一场的份上施与薄面。

亦如娇娇所言,周凤心底早已住进一个中意的姑娘,那两人的婚事不过是场政治交易,确实有转圜的余地。

她一时间心乱如麻,又突然想起了什么,猛地抬头:"王都指挥使是史贵妃的人,那小安哥哥,你又是哪一边的?"

禁锢着她的手臂如炙铁般坚不可摧,听闻这话,司安忽而自嘲地笑了下:"你觉得,我会帮那个被你放在心尖上的人?"

看她刚刚得知真相后如遭雷击的神情,反应过来却还是选择护着周夙,他便觉得心绪更堵、更恼!

他冷冷一笑,赌气似的说了句:"你若嫁给我,我就帮周夙顺利登基。"

言笑笑愣了愣,连一丝迟疑都没,便应了声:"好。"

好?

她答应了?

她竟然答应得这般轻巧?

为了那个男人,可以不顾一切嫁给自己不喜欢的人?

他忽然觉得自己如此可悲,又可笑。

明明她同意嫁给自己,但他的心中却并无多少喜悦。

司安无力地垂下双手,久久凝望着面前自己惦念了九年的姑娘,凝视半晌又抬起手,碰了碰她的脸,想要用指腹摩挲着她的娇靥,却不想言笑笑微微后倾,不愿被他触碰。

司安内心一阵绞痛,摇摇晃晃地站起身,迈着醺醉的脚步漫步走向屋外。

房门被他狠狠推开,撞在墙壁上,发出"砰"的一声巨响,冷凛的声音顺着风灌进屋子里,比腊月的霜雪还要冻人:"明日一早进宫,我便会请太子赐婚。笑笑,别忘了我们之间的约定。"

言笑笑没有应声,司安已经兀自离开了。她久久地坐在床榻上,凝望着窗外皎洁的夜色,王娇的话不断回旋耳畔:"你在胡说什么!太子殿下心底有人!莫要乱说!"

他有中意的姑娘，所以他要娶谁，和她没有半点关系。

同样，她是嫁给小安哥哥抑或是其他男子，也都无所谓了。

或许这是她能够最后帮到他的地方，只望他能够顺利登基，高枕无忧，平安喜乐。

漫长又寂寥的夜晚，终将迎来曙光，被丫鬟仔细装扮数个时辰的言笑笑，人如花娇，艳如桃李。

司安立在廊檐下，长久地注视着窗沿边的姑娘，明明逆着光，却掩不住映照在身上隐隐散发出的金辉灿烂色泽："你可以后悔。"

正准备站起身的言笑笑愣了愣，缓缓踱步到他的身边，苦笑一声："小安哥哥后悔了吗？我出生低贱，而你贵为教主。"

宽大的手掌紧紧地覆在那只娇软的柔荑上，司安蹙眉："不许胡说。"

"为我这般，不值当。"

没有值不值得，只有是否心甘情愿。

他牵着她的手义无反顾地朝着院外的马车走去，一路上行过宽阔的街道，入了高耸的宫门。生平第一次乘坐步辇的言笑笑有些忐忑，透过辇帷晃动的一角她勉强窥到青石铺就的地砖，坚硬细密、光泽明亮。

她的心底蓦然变得有些局促不安，从辇帷缝隙后匆匆瞥了一眼望不到头的红墙，不禁感到有些忐忑。再相见，她该要如何面对他？

思及此处，她不由得苦笑一声，她是同小安哥哥前来请旨赐婚，三个月未见，重逢后即闻她的喜事，他必定会心生欢喜，指不定亏欠她的银子连带着就翻了数倍还予她。

那也好,这样他们就彻底两清,谁也不欠谁。

她这般想着,缓行的步辇忽而停在僻静的殿门外,司安撩开帘子道:"今日宫中设宴,你从这进去,会有人给你带路,入了席就莫要乱走动,待我去前殿处理完公务再来此地寻你,有什么事报上我的名讳即可。"

言笑笑点了点头:"知道了。"

三个月来,司安特意寻了嬷嬷仔细教她世家礼仪,如今想来竟是为了让她尽快融入京中内宅生活。

接应她的引路小太监将她领进席面,便毕恭毕敬退了出去。

早已练就火眼金睛的官小姐们远远瞧见一抹藕荷色的倩影,鬓上插着珠钗,从月门处盈盈款款走了进来,立时将人从头到脚,从里往外仔仔细细打量了个遍,彼此互相对视,不多时已经眼神交流完毕,

呀!这外衫着的竟是进贡的雪影缎。

看见广袖上绣的牡丹花没?瞧那针脚、纹样,紧密、秀美,在日光映射下才会呈现出流光溢彩的景象,若是匆匆扫过,不识货的人还以为那是一块素纹。

看她那灵蛇髻中插的芙蓉步摇,凤蝶驻足,动静相宜间展翅欲飞,这是庞司珍独有的技艺。

端是衣料,首饰便可推断出这姑娘大有来头,只是以她通身气派怎会被安排从侧门进入席面?

这厢还在私下议论,立刻就有官小姐按捺不住蠢蠢欲动的心,凑到言笑笑跟前热情地攀附起来:"姑娘面生得紧,看着不似京中人士?"

言笑笑有些局促，但仍不敢怠慢，柔顺应声："小姐真是好眼力，我这还是头一回进宫。"

官小姐眉开眼笑地赶紧取过一块饴糖，塞进她的手心："那敢情好，我倒是有些经验，正好可以与小姐交流一二。尝尝，蜜枣味的，甜。"

饴糖入口即化，唇齿留香，确实好吃，言笑笑微笑着说："多谢小姐。"

然而，她这一抹笑意灿若朝晖，险些将一众观望的小姐晃瞎眼。

立时各府小姐心照不宣地攥紧手中丝帕。

瞧瞧站在言笑笑身旁的人儿，一点都不顾忌，已然开始套近乎！

面前的可是香饽饽，决然不能居于人后！

这是每位小姐心底共同的声音。

不消多时，言笑笑身边就凑足五位小姐之多，再也没有这位官小姐能够插上嘴的地儿。

"我观言姑娘站姿讲究，仪态从容，修身明礼，想必出身名门世家？"

自幼混迹乡野的言笑笑只能尴尬地笑了笑，默不作声。

你这眼神恐怕不太好。

"也不看看言姑娘这纤纤十指，柔弱无骨，平日里没少侍弄笔墨？"

不时替庄夫子抄写四书五经的言笑笑嘴角扯了扯。

"瞧这扶风弱柳的身段，内里却是珠圆玉润，一看就是将养得好。"

食不果腹，饿得身子骨消瘦娇弱？

言笑笑无所适从，不知如何接下话茬子，这群官小姐实在是太能说会道了些。

手中的京雨花茶一盏接着一盏灌进肚子里，她稳住心绪，始终挺直腰板，不敢松懈分毫，面上得体的笑靥看不出丝毫破绽，仔细倾听别人说话，摆出一副敦厚柔顺的模样。

蓦然，太监尖锐的嗓音打破沉静："太子驾到。"

人群顿时一阵骚乱，窸窸窣窣的议论声传进言笑笑的耳朵里：

"太子殿下怎会来这偏僻的席面？"

"不知，据闻太子殿下喜静，估摸着是觉得此地不甚喧闹，绕道而行？"

"有可能，快，赶紧跪下。"

闻声，言笑笑将捏在手心里的茶盏匆匆搁在几案上，不敢看月门所在的方向，惴惴不安地藏在人群后方下跪行礼，刻意压低脑袋，生怕路过的他瞧出半点端倪，剧烈跳动的心险些蹿出喉咙。

与此同时，陌生的娇软女声踩着迫切的脚步追逐而来，语调中丝毫不顾忌外人，急急唤道："太子哥哥，您等等我嘛！人家追不上您了。"

等了好半晌，言笑笑并未听见那道熟悉的嗓音有过任何回应，反倒脚步声不疾不徐，丝毫不见半点停顿，直到那双明黄色的翘头履从眼前匆匆而过，屏住呼吸的言笑笑方才紧合杏眸，重重吐出一口浊气。

还好他没看见自己。

她内心感到庆幸不已,正准备抬起头来,却见周遭小姐们满脸惶恐,瞪着眼睛注视着她的身后。

言笑笑愣了愣,尚且没能反应过来,手腕已然被人紧握手心,稍一使劲,她就重心不稳地栽向一侧,堪堪跌倒前她仓促回眸,正撞上一双熟悉的凤眸,那毫不掩饰的热切目光仿若缀着漫天星辰,熠熠生辉深不见底。

"咚"地,她的脑门径直磕在坚实的胸膛,熟悉的心跳声不禁钻进耳朵里。

入目即是金丝滚边所绣的五龙纹样,言笑笑心跳剧烈,缓缓抬头,欲言又止:"你……"

不是走了吗?

怎又返回?

还发现了她。

哪里想到周凤似笑非笑地注视着她,看到面前的刺猬怂得像只受惊的小白兔,恨不得将埋进他的怀里,于是戏谑道:"你以为将脸埋进地里我就逮不着你?要不你再试试,看我能否在土里将你揪出?"

刚刚的行为被他毫不留情地当众拆穿,上一刻还装作不认识太子殿下的她此刻满脸通红:"哪有你说的那般!"

又想到这人不仅认出她了,还故意当众戏耍她,这么久没见丝毫没看出他一丝别的情绪,真是越想越气。她杏眸一翻,撇过脸去,重重地哼了一声,不再理他。

若非亲眼目睹,在场的官小姐们决然不敢相信,有人敢在大庭广众之下给太子殿下脸色瞧!

还是个娇软美艳袅袅婷婷的姑娘!

究竟是哪个不长眼睛的说太子殿下不近女色？

现下不顾礼法，紧紧抓着姑娘不肯撒手的男人，不是太子殿下，还能是谁！

周夙见她蹙眉望着另一边，仿若看穿她的心中所想，只好解释道："你身上的气味我记得。"

所以在人群中准确地将她认出？

这个意料之外的答案令言笑笑愣了愣，蓦然忆起两人躺在棺材里同枕而眠的那一夜，他必定是那时候被迫记下了。

古语常说，一日不见，如隔三秋。

他三个月未曾寻得关于她的只言片语，再是情难自抑，贪恋起同她曾经被迫共处的短暂时光。

直到浮躁的心无法归于平静时，方才迟钝地意识到，这个相识不过三日的姑娘，已经悄无声息在他的心底扎了根。

周夙垂眸凝视着面前的姑娘，杏眸潋滟，不敢正视于他，微微发颤的睫毛撩拨着动人的心弦。

在一众瞪大眼眸的官小姐们注视下，他毫不顾忌伸手捏了下言笑笑薄薄的脸蛋："他不给你饭吃？本来就瘦，这会连丝多余的肉都没了。"

脸皮被人当众揪起，言笑笑彻底懵然，本能地狠狠拍掉那只僭越的爪子，挽救似的揉搓着脸蛋，恶狠狠地控诉："还不是怨你！"

周夙疑惑不解："怨我？"

她正恼自己为何这般嘴快，余光匆匆瞥见一众惊讶得合不拢嘴的看客，头脑瞬间清醒过来，男女授受不亲，此事宣扬出去，还不知晓要被传成什么样。

言笑笑着急地从他手中抽回自己的手,小声提醒:"快松手,会叫人误会的。"

误会?

进京的路上她不问自闯,誓要同他躲在棺材里时,怎么不怕被人误会?

献祭敬天时,当着诸多龙王信徒的面勾住他后颈深埋他怀里时,怎么不怕被人误会?

分别三个月,他满心满眼都是她,原以为再相见,她是愿意听上两句解释,抑或是恼怒置气也好,却未料到,话都没说上三句,她竟主动避嫌了?

是怕他有损她的清誉,阻挠她和司安的姻缘吗?

周夙非但没松手,反而似烙铁般禁锢着她,嗓音里遏制着蓄势待发的火气,隐忍道:"非要同我这般生分?"

不明白周夙为何突然变脸,她只好急急解释:"我……我只是怕她误会。"

若是传到那人的耳朵里,那他放在心尖上的姑娘势必与他生分,那该怎么办?

她岂不是成了毁他姻缘的罪人。

怕他误会?

司安吗?

这三个月来若非司安从中作梗,他派出去的人,岂会查不到她的只言片语?

现在她开口闭口全都是那个满口谎言、弃她于不顾的骗子!

她就这般信任他?就认定了司安百般好?

瞧她一副担惊受怕的模样，难道真的准备同他再续前缘？

思及此处，埋藏在周夙胸腔里的怒火翻涌，握在她腕间的五指无意识收拢，直到她痛得蹙起柳眉，满脸疑惑地瞪着他，方才寻回半点神志。

然而下一刻，她还不知死活对他亲口说："我……我此番同小安哥哥入宫是来求你赐婚，所以她应该不会误会才是？"

周夙心猛地一缩，只觉得一口血险些哽在喉咙里，他铁青着脸，在众人的惊呼之下一把拽着她朝着月门疾步走去。

围观小姐们被这瘆人的气势惊吓得胆战心惊。

眼神几经交流后，仿若无声在言，她？

抑或是他？

看样子是太子殿下失恋了。

我也觉得……

这言姑娘好生厉害，不知对手是谁？敢抢太子殿下的人。

言笑笑被拖着走，几个踉跄，险些栽倒在地时，堪堪被他扶正身体。

周夙低沉浑厚的嗓音不怒自威，冷声斥道："下去！"

假山边正在洒扫的宫娥、太监们一听到他的声音，连忙作鸟兽散去，一溜烟跑得没影。

下一刻，言笑笑整个人被按到假山壁上，禁锢在他的臂膀里动弹不得，她不敢看周夙，他究竟在恼什么？

明明他已经极为克制，最终仍是抑制不住那股无名火，咬牙切齿问："你要嫁给司安？"

面前冷峻的轮廓完美得无可挑剔，微垂眼睑注视着她，毫不掩饰的薄怒压得人险些窒息，那是一种常年身居上位者不自主流露出的威严，令人望而生怯，仿若她随时就要跌落万劫不复的深渊。

两人之间紧张的气氛，终是言笑笑率先败下阵来，她苦涩地笑了下，假如他没有喜欢的姑娘，她是有想过不顾一切努力争取，然而他乃尊贵至极的储君，现实不允许她自欺欺人。

何况她胆小怯懦，更不知晓应该如何同他解释，难道告诉他嫁予司安是为了帮他顺利登基？

那她一定太自以为是了，周夙这般清高持傲的人，怎会稀罕一介外人对他的恩赐。

当下话已挑明，早一天晚一天有何区别？

周夙只看到言笑笑突然间弯唇一笑，像深秋里转瞬即逝的孔雀昙风姿绰约："小安哥哥与我自幼青梅竹马，应该没有人比他更关心我，爱护我了吧？我嫁予他是再合适不过的了。"

周夙无力地放开手，突然笑了，笑容有些凉薄，往昔里温润尔雅的面容里，似浪涛溃坝奔腾漫天，顷刻间便覆灭，唯剩下断瓦残垣。

他颓然地低声道："你爱他？"

见她紧咬唇瓣，别过脸不言语，他蓦然伸手捏住她削尖的下巴，微微使劲，迫使她对视上自己灼灼的目光，不依不饶地追问："回答我。"

言笑笑紧紧闭上眼眸，紧握成拳的双手微微颤抖，仿若这样就能压制下心底的惴惴不安，再睁开眼时，她的眼中写着坚定，吐出的字眼却堪比利刃："对！"

冽风一阵凉似一阵，他不可置信地望着她："笑笑……"

顿了顿，他的嗓音喑哑沉痛道："如果这真是你的选择，我尊重。"

话音刚落,他突然拥紧她,将她整个脑袋埋进自己胸膛,任凭她身体僵硬也不曾松动分毫,他埋在她的颈侧,贪婪地吸了口气,只闻淡淡的玉兰香沁入鼻息,拢紧双臂的力道恨不得将她揉进骨血里。

良久,他放开她,伸手抚摸她的脸颊,眼神专注地描绘着她的每一寸五官,好像是最后一眼一般,用力地将她的容颜刻在自己的记忆中。

"珍重,笑笑。"

不晓得何处刮来一阵狂风,早早绽放枝丫的海棠花摇曳坠落,随风扬起一场绯红色的花瓣雨。

绯色花雨中,周夙的背影渐渐模糊,终是消失在长廊尽头。

她高仰起头,望着一览无余的蓝天,今日和风习习,阳光明媚,是个好日子,应该高兴才是。

然而她眨了眨眼,早已蓄满眼眶的泪水却突然决堤,几声压抑的抽泣硬噎在嗓子里。

远远看到这一幕的司安,大步流星走到她身边,将人径直揽入怀中:"笑笑,我会永远在你身边。"

言笑笑深深将脸颊埋进他胸口,若非抽噎时肩膀微微颤抖,偶尔传来几声啜泣,很难想象她此刻正哭得铭心刻骨。

好半响,言笑笑匆匆用袖口抹过眼角,眼睛依然红红的,勉强挤出一个笑容:"我们回去吧。"

司安轻轻地"嗯"了一声作为回应,牵着她的手向月门走去。

廊檐尽头见到这一幕的周夙止步不前,视线落在那双交握的手时再是迈不开半步。

眼前仿若又看见那个心尖上的姑娘蓦然回首,朝着他嫣然一笑,宛然暖洋洋的旭日:"官爷,我想跟着您!"

其实做师父也没什么不好的。

至少还能名正言顺地见到她。

当夕阳沉沦,薄云消退时,雕梁画栋掩映在霞光与烛火间。寂寥的东宫偶闻几声雀鸣,至西山呼啸而来的狂风席卷廊檐,宫灯"啪"地被吹落在地,火舌瞬间舔舐在红纸上变得鲜活起来,燃起的熊熊烈焰少顷已将灯笼吞没,唯剩下骨架。

惊慌失措的太监们步履匆匆,尖厉叫唤的嗓音显得尤为刺耳:"快!灭火!"

昏暗殿中闭目冥思的周凤彻底被其惊扰了,微合的凤眸蓦然睁开,低沉浑厚的嗓音在偌大的殿中回旋:"德安。"

"奴才在!"候在殿门值守的东宫首领太监支棱起耳朵,急急应声恭敬入内。

"太子殿下有何吩咐?"

这两日来他滴水未进,心躁难安,欲开口时方才发现喉咙干涩,声音平添三分喑哑:"将内室的蜡烛引燃,这道赐婚旨意差人送入司教主府中,另外将密探撤回来。"

密探都撤了?

太子殿下这是放下言姑娘了?

吴德安的心"咯噔"一下子悬在嗓子眼,硬着头皮试探地问了句:"全撤吗?"

周凤沉默片刻,修长的手指无意识地摩挲着用红绳串联在一起的十九枚铜币:"对,让他们悉数入宫回话。"

"奴才遵旨。"

眼瞅着殿中归于沉寂，剧烈的头痛令他眉头紧蹙，刚欲抬头按揉额际，正好看见右手虎口处隐约可见的一排整齐牙印，心房处又时不时地揪着发疼。

明明知晓她的心里没有自己，脑海中仍是驱赶不尽她的一颦一笑。

搁置几案上的十九枚铜币，亦是无时无刻不在提醒他，那个径直闯入他心扉的姑娘，是那样纯真善良，犹如山涧中的雨露，滋润着幽暗僻静中几近干渴的土壤。

笑笑，不知这道赐婚旨意，是否会令你欢喜？

值守在司府外的密探入宫时已是下半夜，灯下的周凤一边批着奏折，一边听着密探汇报司府这两日来发生的大小事宜，直到探子说了句："言姑娘至宫中归来起便将自己关在屋子里，闭门不出，今日赐婚的折子送入府中，奴才透过窗檐缝隙窥见言姑娘的脸上并无半分喜悦，仍是在案前不停地练字，好像事不关己。"

听闻这话，周凤书写在奏章上的笔尖彻底停顿，皱眉。她不开心？

这道旨意乃是她心中所求，既然他已经同意赐婚了，为何她还不开心？

除非，她对他撒谎了。

周凤何等睿智之人，想通关节点时，手中朱笔随意搁在笔搁上，一扫连日来的沉郁之色，严肃道："从你见到她的第一眼起，事无巨细仔细与本宫说道。"

密探说得很慢，周凤全神贯注地听着，骨节分明的指尖不时敲着几案,听到后头,眉目中的愁云渐渐舒展开,却还是有些迟疑地问:"司安平日里待她如何?"

"奴才不敢说假话,司教主待言姑娘自是极好,吃穿用度皆是精挑细选的好东西,一股脑地往言姑娘跟前送,但奴才看言姑娘脸上的笑容很淡,每次食用那些姑娘家喜欢的糖糕皆是品尝几口,也可能是不喜的缘故。"

"糖糕……"那可是她的心头好,每每买给他食用时,总是忍不住眼馋巴巴望着他吃,恨不得尽数塞进自己嘴里。

如今京中美食反倒入不了她的眼?

他不信这个答案。

"司教主可有对她做出僭越的举动?"

"这个倒是没有。"

然后话音刚落,密探忽然想起什么,又急急补充道:"司教主请赐婚旨意前一夜,曾独自前往言姑娘住处。"

"那是一间十分僻静的独院,奴才秘密跟随寻至此地守了大半宿,本以为司教主在里头喝得酩酊大醉这夜也就过去了,没想到言姑娘乘坐马车返回。"

"待言姑娘进了屋子里没多久,好似同司教主发生了争吵,因院子周围还有司教主的暗卫,奴才站得颇远,故而未曾听清争吵的内容。"

"不过片刻,司教主即破门而出,屋子里的烛火燃了整整一宿,待翌日天蒙蒙亮,丫鬟们就为言姑娘添了妆容入宫赴宴。"

"因发现言姑娘的行踪,奴才即刻回宫向太子殿下复命,但是当日殿下着急前往宴席寻找言姑娘,此事便耽搁至今才向殿下汇报。"

听到这里，周夙忽然讥讽地笑了下。

好个司安，究竟用了怎样的手段逼迫笑笑嫁予他？

蓦然忆起那日笑笑对他说话时，笑意始终未达眼底，只因他恼羞成怒被彻底忽略了："小安哥哥与我自幼青梅竹马，应该没有人比他更关心我爱护我了吧？我嫁予他是再合适不过的了。"

再适合不过，不是深爱，只是适合。

握在他手心里的十九枚铜币忽而紧了紧，周夙蓦地抬头，凤眸犀利如鹰隼，锐利迫人。

她既然不喜司安，那这赐婚，自然是一纸空谈！

密探跪在地上大气都不敢出一声，瞧着太子殿下面色略有缓和，嘴角隐隐噙着笑意，琢磨良久，突然急急自怀中取出一张皱巴巴折叠了两三层的纸张："禀太子殿下，这是奴才偷偷潜入言姑娘屋子里偷出来的纸张，近日来言姑娘练习用纸垒了至少一寸厚，但是纸上始终只书写了两个字从未变过。"

吴德安赶忙将纸张送入周夙的手中，待他打开一看，未曾料到"官爷"二字映入眼帘，白纸黑字书尽心中思念。

官爷？

峰回路转，周夙怎么也未曾料到，她心底惦记的人竟是自己。

她是多么自欺欺人，才会明明喜欢他，却又要嫁予他人？

是不敢坦诚，抑或是不知？

喜欢他有这么难以启齿？

伺候在侧的吴德安看着面前已渐舒缓的俊颜又冷下来，不明白"官爷"二字怎会令太子殿下气得不轻？

先才不是还好好的，怎么气场又不对了，仿若准备吃人。

这言姑娘莫不是来向太子殿下讨债的吧?

没令他煎熬太久,满脸阴翳的周夙忽然同他使了个眼色,示意附耳过来,只是他听完太子殿下的吩咐,很是惶恐不安:"太子殿下,这……这不好吧?司安乃是天教教主……"

然而话未尽,被他睨了一眼,吴德安立刻改口:"您是太子殿下,自是太子殿下说了算!奴才就是赴汤蹈火也在所不辞!"

"说得好。"周夙负手而立,脸上的郁色彻底消散殆尽,嗓音里透着丝丝掩饰不住的愉悦,"尽快准备婚礼,既然史贵妃想将王娇塞入东宫,那就如她的意,本宫没工夫同她小打小闹,此番正好一并收拾了。"

"奴才遵旨。"

第七章

连理

两耳不闻窗外事的言笑笑也记不清在屋子里待了多少日子，中途倒是借过司安的名义向王娇送过两封信函解释入宫一事，后来因为避嫌也断了联系，毕竟夺嫡事关家族选择，兴衰荣辱，司安既已答应她帮助周凤顺利登基，她自是不应该借王娇之手过多打听王宅行事。

日子就这般不知不觉到了大婚日，苍穹如墨，夜色正浓时，尚且迷迷瞪瞪的言笑笑被人搀扶起身，经受了丫鬟数个时辰的精心装扮，直至遮上红盖头方才上了花轿。

许是近日来过于疲惫，她坐在花轿中竟不知不觉熟睡过去。

也不知敲锣打鼓的奏乐持续了多久，待有人将她打横抱起走入喜堂，她仍处于浑浑噩噩中，周遭俱是热闹至极的道贺声，稀里糊涂的她何时拜堂也记不得，只是被送入洞房后倚着床沿等候多时，好半晌渐渐缓回些神志。

揉了揉额角的言笑笑，寻回些气力才幽幽开口："现在几时了？"

估摸着意会错她的话，丫鬟掩嘴嗤笑一声："回新娘子的话，新郎马上就会同您喝交杯酒，莫要着急。"

着急？

她不着急，更应该说不知如何面对小安哥哥。

秀气的手指纠缠在一起，心思已然不知飘到何处。

见她干坐着也不言语，丫鬟贴心询问："新娘子饿了一整日，可要先吃点东西垫垫肚子？"

"不了，我不饿。"近日来她胃口不开，心思全然不在吃食上，还是莫要糟蹋食物。

丫鬟推断得没错，不消一会儿房门由外向里被人推开，微风顺着回廊钻进屋子里，微微掀动她的盖头，言笑笑的眼角余光不经意间正好瞧见那抹绛纱袍的一角。

耳闻窸窸窣窣的脚步声秩序井然退出屋子，待房门彻底紧闭，言笑笑不禁觉得心揪成一团，手指拧着裙摆，恨不得缠成麻花。

屋子里独留下她与小安哥哥，这下怎么办才好？

虽然这些日子不断告诉自己嫁给小安哥哥后就是他的妻，即使做不到浓情蜜意，也要相敬如宾，尽到妻子的本分。

可是真到了这一日，她仍是不能控制自己焦躁恐惧的内心。

缓步而来的高大身影突然笼罩住她，仿若黑夜尽头永无白昼，慎得她心底发慌。

那双修长莹白如玉的手徐徐掀开她的盖头，她抬起头，缓缓看向站在面前的新郎，待看清楚来人后却瞬间惊愕万分。

怎……怎么是他？

"你？我不是嫁给你的！"

话音刚落，她人已"噌"地站起身来，满脸不可置信。

然而，站在她身前的男人却是勾了勾唇，不疾不徐道："已经嫁了，拜天地，拜双亲，夫妻对拜，现在是入洞房。"

"周夙！"言笑笑怒吼一声，胸腔禁不住起伏震动，想了想却又不知如何反驳，只能又小声喊了一句，"太子殿下……"随后便沉闷地坐回床上，恼怒地撇过脸，不肯看他。

他憋着笑意，迤迤然坐在喜床边，不经意叹息一声："你是想问我，这究竟是怎么一回事？"

见她紧咬唇瓣，偷偷瞟了自己一眼，周夙忍不住笑了一下，又迅速憋了回去，颇有些严肃地正色道："那你先要回答本宫的问题。"

未等她应允，他已迅速抛出问题："既然心底不愿，为何还强迫自己嫁予司安？"

他怎么知道她不愿？

言笑笑如遭雷击。难道她知道她对他的心思了吗？

她要实话实说吗？

刚起了个念头，便瞧见他神色晦暗不明，正深深地注视着她："别骗我，笑笑。"

言笑笑垂眸，双手紧紧握成拳，挣扎良久，才别过脸，不敢对上他如有实质的目光，小声承认："小安哥哥说，可以帮你顺利登基。"

周夙设想过最坏的打算，却没料到竟是这般可笑的答案："所以你就将自己卖了？！"

言笑笑急急辩解:"我没将自己卖……"

"既是你心甘情愿为了我登基出卖自己,那卖给我也没什么区别。"

"什么?!"

周夙眼神下移,看向那张绽桃似的唇瓣,眸色一暗,伸手一把将她抵在床板上,宽大的手掌抚过脆弱的颈项,捏住下巴,迫使她抬高下颌,倾身向前彻底堵住那张嘴,让她再也说不出完整的话语。

一团火焰似的燃过粉嫩饱满的两瓣唇,舔舐着,厮磨过,意犹未尽用着粗糙的指腹反复擦拭那处被他欺凌得有些微微泛红的色泽。

言笑笑瞪大眼眸,不可置信地望着近在咫尺的俊颜,整个身体也都绷紧了。

明明只是想浅尝辄止,末了,他竟觉得远远不够,抵着她的额际用着悦耳喑哑的嗓音命令道:"张嘴。"

脑子已是一团糨糊的言笑笑懵然照做,顺从地轻启唇瓣,下意识低唤:"周……唔……"

耳边尽是她口齿不清湮没的话语。

直至她喘不过气,周夙方才恋恋不舍地移开半寸。

白瓷般的靥上渗出淡淡艳色,言笑笑大口喘息,很是不确定:"殿下,你……你在做什么?"

"吻你。看着眼前的姑娘始终茫然无措,弯弯的凤眸越发深邃迫人,变本加厉地再次覆了上去,不留一丝余地进行着单方面的侵略。

若说前一刻似延绵细雨,那现下便是侵略如火。

这次她很确定，周凤是真的在吻她。

她再想告诉自己是在做梦，也是不能够了。

在她快要窒息的时候，她本能地推了推面前难以撼动的身躯，终于令周凤寻回些许理智，深深地注视着面前殷红肿胀的两瓣唇，无不悉数昭示着他前一刻的欺凌。

刺骨的凉意钻进她不知何时微敞的衣襟，拂过锁骨，瘫软在他怀里的言笑笑禁不住瑟缩了下。

一把攥住她纤细的手腕，周凤额际鼓起青筋，紧咬压槽似的溢出半句话："别动。"

耳边听着他急促的喘息声，不知为何，言笑笑虽看不见埋在自己颈项间的他是何神色，仍听出了嗓音里极力遏抑的躁动，竟不敢再动弹半分。

过了好一会儿，周凤把下巴抵在她脸颊上，磨蹭了下绺绺柔软的发丝，方才缓缓松开她的腰肢。

言笑笑瞧着面前一如往昔的面容，只是眸色少了份锐利，透着丝丝尚未消散的缱绻，以及肆意张扬的葳蕤，莫名的悸动萦绕在她的心底。

周凤十分自然替她捋顺被自己扯乱的衣襟，嘴角扬起淡淡笑意："现在继续同我解释清楚，为何能狠心骗我，想好了说。"

被他压在身下的言笑笑不禁咽了咽口水。

见她迟迟不言语，他伸出修长如玉的手指，捏住她的下巴，晃了晃，软声细语哄骗着："乖，说话。"

"你……你不是有喜欢的姑娘？"见他满脸惊愕，终于寻回些许理智的言笑笑蹙起眉头盘问，"你莫要不承认，这是娇娇告诉我的，她不会骗我的！"

就因为这？

自诩聪明的周夙，心底俱是无言以对，彻底被她气笑，而后又后知后觉地反应过来，若非他察觉到不对劲，笑笑岂不是稀里糊涂嫁给司安？

"你怎么不说话？"

明明他要的答案是笑笑亲口承认她对他的心意，结果等来这个答案？

从头到尾，说的尽是些不着边际的话！

他没好气地说："你还好意思问？我且问你，王娇同你说了我心底惦记的姑娘是谁了吗？"

"娇娇没提。"言笑笑的脑袋摇得似拨浪鼓，小声反驳，"我哪有气你。"

看这呆头呆脑的姑娘现在还没有领悟到自己的意思，周夙扶额，感到一阵无语。

想了想，还是作罢，他再次倾身上去。

良宵苦短，他是多蠢，才会将时间浪费在已经解决了的事情上？

既然解释不清，就直接身体力行好了。

言笑笑措手不及，呼吸戛然而止，迟钝地承受着他的索取。

她本能地伸手抵在宽阔的胸膛推了推，却纹丝未动，张口正欲低唤一句殿下，堪堪发出的嗓音尽数被含进浓烈的情意绵绵。

那双杏眸里越发沉醉迷离，任由他攻城略地肆意妄为，喉咙里情不自禁溢出娇酣。

他竟是无师自通，迷糊间她主动攀上他的后颈，恨不得紧紧地糅合在一块。

心甘情愿地与他一道，陷入万劫不复的沼泽，等待吞噬沉沦。

濒临失控前的最后一刻，周凤强撑起脑袋，垂眸凝视着面前的人儿，杏眸彻底失焦，睫毛也微微颤动，好似溺水狼狈后不断喘息，绯红的娇靥衬着红肿泥泞的唇瓣，无不昭示着他的屡屡罪行。

大口喘息的言笑笑忽然听见耳边传来暗哑的嗓音："我费尽心思诓骗来的心爱的姑娘，正被我压在身下，你说我爱谁？"

彻底懵然的言笑笑愣愣地看着他，迟迟没有反应过来，直至如雨点般洒落在脸颊上的吻，周凤吮着她的唇，小声说："堂也拜了，礼也成了，现下你是我的妻，假如不愿同我入洞房，有本事就将我踹下床。"

言笑笑彻底蒙了。

"你……你喜欢的是我？"她磕磕绊绊说完话，却没等来周凤的只言片语，只是压在身上的男人越发肆无忌惮，用所谓的身体力行表达对自己的爱意。

这些日子压抑在她心底不得宣泄的痛楚、委屈，顷刻间爆发。

溢满眼眶的泪水忽然决堤而下，似无助的小兽可怜巴巴瑟缩着。

周凤动作瞬间一凝，急忙用指腹拭去她脸上的泪水，有些懊恼地说道："你别哭，我不欺负你就是了。"

说罢，正欲起身。

可是灼烧在心底深处的烈焰始终不曾停歇，还要蔓延到四肢百骸的趋势，她慌乱地勾紧他的后颈，倾身向前，知行研习，以望学以致用，回馈于他，却险将自己的羞耻心燃成灰烬。

"你不要我了吗？"

"轰隆"一声巨响，筑于九天之上的巍峨宫阙突然倾覆，不食人间烟火的谪仙终是被她拽入凡尘，彻底放纵。

"死也不会不要你。"

窗外夏至虫鸣，荷香满院，忽然滚滚乌云遮天蔽，少顷疾风骤雨扑打着娇花，淅淅沥沥，溅起片片涟漪。

寂静的屋子里隐约传来女子细细的控诉："唔……要死了，怎么可以欺负人！斗不过你，我认输。"

周凤瞧着委委屈屈瘫在自己怀中的人儿，更是不知收敛。

蓦然一道闪电划破天际，几番动静渐渐淹没在惊天动地的雷声中。

这一觉直至乌云散尽，星月交辉，言笑笑方才悠悠转醒，睡眼蒙眬间摸到一副紧实胸膛，瞬间身子一僵。

将她圈入臂弯的主人突然用下巴抵在她的额际，蹭了蹭如同锦缎般的墨发，嗓音里透着一丝难以觉察的闷笑："醒了？"

是殿下……

言笑笑如梦初醒，蓦然忆起前半夜里两人是如何缠绵缱绻，情难自控。

她面红耳赤，迅速握住衾被蒙住脑袋，整个人钻进被子里将自己捂得严严实实。

呜呜！真是羞死人了，她要怎么见人？

周凤垂着眼，看着隆起一团，蜷缩成虫缓缓蠕动向角落的娇腆美人，禁不住哑然失笑："嗯，你确定不出来只穿个亵衣就够了？先才我替你套了许久外衫，奈何女子的里衣我实在不会系带子，便寻了我的衣裳给你披上，只是有些宽松，你再拱下去怕是要彻底滑落了。"

言笑笑呆住了。

唔,这没羞没臊的话语还让不让人活了!

见她不再动弹,周夙拽了下衾被,纹丝未动,他不自觉扬起眉梢:"一会儿我还要去办点正事,无须多少时间,你且好好睡上一觉。"

"噌"地,衾被突然被掀开一角,露出言笑笑半个脑袋,眨巴着双眼,羞涩地别过脸,幽幽道:"殿下要去哪儿?"

他一双凤眸里尽是得逞的笑意,终于逮到她出来的这一刻,周夙迅速俯下身蜻蜓点水般在她的额际烙下一吻。

言笑笑猝不及防被吻了一下,正当她松懈防备时,面前的男人却趁其不备发动攻势,掀开衾被,迅速钻进被褥里,一把将她按倒在床榻上。

少顷,两人已被蒙得严严实实。

顷刻间天翻地覆,言笑笑觉察到身上压了个重物,她被压得喘不过气来,于是伸手推了推,却未曾撼动分毫。

又来了!

"周夙!唔……"

控诉的话语尽数缄默。

过了好一会儿,周夙才依依不舍地松开她。

言笑笑虽看不见他的眉眼,却能从他震动的胸腔与噙着丝丝笑意的嗓音里感受到他的愉悦:"你若臊得慌,估摸着是不习惯,多来几次就习以为常了。"

听完这话,她的靥上蓦然绯红一片,鲜红欲滴。

"没有你这般欺负人的!"

每每脑海里闪过某些画面,她便恨不得羞怯得寻个地洞钻进去,奈何她刚一动作,便早早被他识破,骨节分明的修长手指突然一把握住她的皓腕,扣在她的头顶,身体也被桎梏得动弹不得。

紧接着她的耳边响起了温热的低吟:"我可以更坏些。"

言笑笑瞪大眼眸,控诉:"殿……唔!"

相较于先才的浅尝辄止,如今倒是越显欲烈,如狂风暴雨掠夺纠缠摩挲,脑海里空白一片的言笑笑唯有对他予取予求,任他肆意妄为。

好半晌,周夙才迤迤然离开她,并予以纠正:"喊夙哥哥。"

明明她什么也看不见,可是仍觉察到他的灼热视线,正一眨不眨地盯着她。

隔着轻薄的里衣,她仍能够感受到覆在身上的体温炙热发烫。

若是被守夜的宫娥、太监听见,那她还要不要见人!

言笑笑沉默挣扎了好一会儿,终究屈服于淫威之下,娇软地唤了声:"夙……哥哥。"

"乖。"周夙在她的唇上又啄了下,凑近地说了句,"本来饥肠辘辘,但是想着你娇弱的身子,且容你缓缓。"

她瞬间哑然,"那真是多谢夙哥哥放过之恩。"

骤然响起"砰"的一声,夜空中闪烁着耀眼的烟火,周夙循声望去,满脸肃穆。

他回头,轻抚她的发丝,不疾不徐下了床榻,拾起小几上的衣裳自顾自地穿戴好,然后一本正经嘱咐:"乖乖等我回来。"

言笑笑抱着衾被,径直坐起身,有些担忧:"可是宫中出了什么急事？"

"不用担心，只是一个提醒我的信号，东宫内的替身已经引蛇出洞，史贵妃正带兵入宫，现下只需等我一声号令，即可瓮中捉鳖。"

也就是说史贵妃的所有计划都在他的掌控内？

她没想到史贵妃真如娇娇所言一般发动政变："那……"

见她欲言又止，周凤知晓了她的心中所想，安抚似的揉了揉她的头："王娇可不似史贵妃那般蠢钝，看不清现实，所以配合我的替身在东宫内演了一出大婚的戏码，待事情尘埃落定，我自会论功行赏，给她与马彪赐婚。"

言笑笑猛然抬头望着他，唇瓣微张，震惊得说不出话来。

周凤却是笑了，勾起她的下巴，俯身轻吮那两瓣诱人的甜香："嗯……提前预定一下犒赏，等我回来再吃庆功宴。"

瞧着那人不害臊地朗声大笑着走出屋子，她的脸上滚烫无比，似能掐出血来："啊！羞死人了！"

冲进东宫的反贼们，喊杀声震天，不消一会儿，便将最后一道宫门撞破。

史贵妃斗志昂扬，大喝一声："去！给本宫将太子押解来！"

这一天，她已等待太久！

自从周凤进封太子，她积累多年的朝中势力就渐渐土崩瓦解，如今趁着手中尚有调动的兵权，她终是迈出最后这一步险棋，夺宫！

只要太子死了，待她收拢政权，她的谦儿即可荣登九五，坐上宝殿内那把龙椅！

反贼首领一脚踹开房门,欲将周凤生擒时,却见太子替身气定神闲地背着双手,立于殿内,听到声音迤迤然转过身,含笑躬身行礼,恭敬道:"奴才在此恭候贵妃娘娘多时。"

"怎……怎会是个替身?明明娇娇递出了消息,究竟是哪儿出了错?"一门之隔,身着盛装华服的史贵妃如遭雷击,身子骨摇摇欲坠,满脸写着慌张。

蓦然,院门涌入乌泱泱的士兵,将东宫团团包围,张弓搭箭,蓄势待发。

王娇穿着喜服,从长廊尽头缓步行来,虽然面上有些不忍,仍是无情道:"姨母,束手就擒吧。"

半生筹谋,功亏一篑,史贵妃不甘心!

可她更恨的,却是王家背叛自己:"好哇,王娇,枉顾本宫疼你一场,你个吃里爬外的东西,竟然帮着外人出卖自己的亲姨母!"

王娇并未辩解,只是如实陈述:"姨母怨恨我是应该的,只是我比姨母更看得清时局,不愿父亲、母亲受您连累,到时整个家族都遭殃。"

"你个乳臭未干的姑娘家,懂什么?本宫可以给予你们王家无上的荣耀!你母亲呢?本宫不信自己的嫡亲妹妹也选择站在周凤那一边!"

"姨母,如今这些问题还有意义吗?您已经是一败涂地了。"

顿了顿,她也不愿再同史贵妃僵持下去:"姨母无须拖延时间,您想等挟持陛下的人马赶来化解危局,只怕是您的算盘要落空了。"

被王娇戳穿心思,史贵妃满脸不可置信,正欲反驳,人群中忽然避让开一条道，只见周夙在将士簇拥之中走来："父皇身体抱恙，早已歇息，史贵妃还是不要惊扰的好。"

说罢，他大手一挥，身后铁甲雄兵暴喝一声，端起长枪，准备进攻。

新婚之夜，周夙可不愿在清剿叛军上浪费时间，他冷肃下令："不投降者，杀！"

史贵妃已是强弩之末，趁着对方士气大跌，周夙带来的兵马猛地冲杀而去，顷刻间的工夫，胜负已分，尘埃落定。

被侍卫捆绑得严严实实的史贵妃仍不愿相信自己落败，张开嘴就要破口大骂，吴德安眼疾手快，赶忙用麻布堵上她的嘴，着急忙慌将人拖下去等候发落。

这厢清扫战场，满脸惊慌的侍卫突然急急来报："启禀太子殿下，司教主带着人不听劝阻闯进皇宫，说是要向您讨人！"

周夙转头，如鹰隼般锐利的凤眸注视着突然出现在甬路上乌泱泱的兵马，他冷笑一声："他倒是有几分胆色，这笔账本宫都未同他算，倒是自己送上门来了。"

他径直迈过门槛迎了上去，捋了捋略微褶皱的广袖，淡淡地说道："怎么，司教主不老实待在府中，非得今夜凑热闹？"

司安抬起手，示意身后跟随的人马停留原地，转过来独自面对周夙。

他一言不发，只是冷冷地看着周夙，那双桃花眼此刻不同于往日地充满了戾气，杀意尽显。

四目相交，刀光剑影仿佛蕴藏其中。

周夙在这一瞬间动了杀心，只是他不愿言笑笑因对方的死而伤心。

"她呢？"沉默良久，司安终于开口。

"她与本宫拜了天地，礼也成了，现在已是本宫明媒正娶的太子妃。"说完，周夙笑了，嘲讽地问道，"司教主以什么身份来跟本宫讨人？"

他还敢说拜了天地，还敢如此这般厚颜无耻？

那明明本应是他的新婚妻子！

然而此刻却不宜挑明话说，只怕有损笑笑的名声。司安咬牙切齿。

周夙面色仍是不变，扬起嘴角，讥讽道："论卑鄙无耻，本宫自是比不上司教主。若非当初你逼迫她，她会答应你？"

司安脸色一白，没想到周夙居然已经知道了。

周夙字字诛心："笑笑与本宫两情相悦，你这个所谓的青梅竹马还是不要自取其辱了。"

"你！"司安愤怒极了，恨不得在对方身上戳出两个血窟窿，他手中寒光凛凛的两尺青锋不时发出嗡鸣声。

两人剑拔弩张，一触即燃。

"不要！"言笑笑一路狂奔，终于赶到。她好怕再晚一步，这两人就要兵戎相见。

许是跑得又快又急，她一个趔趄，险些栽倒在地，一双温热的手猛地揽住她的腰，用力一扯，将她揽进一个坚实的怀抱。

她倚在熟悉的臂膀里，不知为何，泪水像决了堤的洪水，止不住地滑落眼角："你们不要这样！我求求你们了！"

周夙瞧着怀中人儿只穿了件单薄的绢纱褥裙，不由得蹙起眉头，有些心疼地道："我不是让你好好留在屋子里？夜里风大，受凉了怎么办？"

见她泪流不止地抬头望向自己，周夙心里一"咯噔"，面上不由得轻叹了口气："司教主是来助我清剿叛军，你想歪了。"

"欸？"言笑笑愣了愣，急忙看向司安求证，直到他也不情不愿地点了点头，方才略微心安下来。

然而这么大的阵仗，即便是傻子也看得出来蹊跷，嘴上她却不敢戳穿，唯有装傻充愣："吓死我了，我还以为……"

"以为什么？"周夙揉搓着她冰凉的手，呵出一口热气，"你先回去，本宫与司教主还有要事商量。"

司安亲眼目睹两人间毫不掩饰的浓情蜜意，嘴角不自觉流露出苦涩。

他不由得忆起，这些日子以来她是如何茶饭不思，夜不能寐。

他真的错了吗？

这一刻，她倚在周夙的怀里，两人站在一起，让他也不得不承认，她看上去真的很幸福。

司安默默解下身上的大氅披在她的身上，勉强挤出一个笑容，安抚道："你先回去吧，无须忧心。"

周夙的眼睛一眨不眨地注视着搭在笑笑身上的赫赤云锦大氅，觉得这大氅甚是碍眼，但他终究没有说什么。

然而下一刻，司安突然开口："笑笑，你可知太子殿下今日原本是要迎娶王娇？"

周夙额筋一跳，他就知道，这两面三刀的狡诈之徒不安好心。

他低头看向怀中的言笑笑。

她抬起头，递给他一个含义不清的眼神，随即转过头看向司安，语气坚定："我知道，此事定有蹊跷，但我相信殿下。"

司安脸色又白了几分，他已经有些绝望了，几乎不受控制地继续开口:"那他命人在你喝的茶水里下了药,让你跟他拜堂成亲,你也不介意?"

怪不得她成亲时脑子始终昏昏沉沉,原来是他在背后布了局!

洞房花烛夜时,周夙满嘴甜言蜜语哄得她晕头转向,让她都忘了追究自己是怎么突然就嫁给了他。

言笑笑满脸怒容,有些头痛地说道:"殿下究竟哪儿学的下三烂招数?"

周夙轻咳一声,紧握着她的手不肯放开,讨好地笑了下:"当时情势所迫,回头我再跟你解释。"

瞧见这两人一个赔着讨好的笑,另一个虽脸上有怒气,两只手却始终紧紧地扣在一起。司安沉默了,忽然觉得自己既可笑又可怜。

他叹了口气,垂下眼不知想什么,最终还是上前,在周夙有些警惕的目光下靠近言笑笑,宽大的手掌揉了揉她的脑袋:"你安心做你的太子妃吧,倘若往后受了欺负尽管跟哥哥说,哥哥帮你讨回公道。"

话音刚落,他又转过去对上周夙的眼神,目光有些不甘,却还是对着言笑笑道:"他若有负于你,你便回来找我。"

"小安哥哥……"

"我说了,会永远陪着你,不离开。"

这是他对她的承诺。

言笑笑哑然,然后笑了。她的小安哥哥一如往昔,两人间从来不需要过多的言语。

司安瞧见她脸上又恢复了明媚鲜妍的笑容,突然释然。

守着她，护着她一辈子，并非圈养着她，她开心比什么都重要。

言笑笑靠在周凤怀里，远远瞧着那抹孤寂的身影远走宫门，直至渐渐消失在视野里，仍久久移不开目光。

"你放心，往后你若思念宫外的亲人，随时可以出宫看望他们。"

言笑笑回过头，看到脸上虽然尽是不悦却仍安慰她的新婚夫君，她不由得"扑哧"一笑，埋进他的肩窝使劲蹭了蹭："凤哥哥，你真好。"

"哼，现在嘴倒是甜了，我抱你一道，至今没舍得瞧我一眼，满心满眼都在别的男人身上。"

瞧瞧这幽怨的口吻，尽是一股子醋味，言笑笑踮起脚在他颊上啄了下，顺毛似的安抚道："我的眼里只有凤哥哥，心里装的也是凤哥哥，你去哪儿，我便跟到哪儿，不离不弃。"

"嘘，有人的时候还是要喊殿下。"

"遵命。"

周凤垂下眼，看她一脸傻笑，眉眼里是诉不完的情意，他也勾了勾嘴角，哼了一声："姑且信你这话。"

今夜的月色清辉，如玉盘高悬，似盏明灯显得格外皎洁，照耀了回家的路。

（正文完）

番外

暖夜

这是入冬以来第一场大雪,纷扬洒落,天地都被渲染成白茫茫的一片,一眼望去全是银装素裹。

仍在宣室殿批阅奏折的周凤,揉了揉酸涩的眼角,余光瞟见堆积如山的公文,轻叹了口气:"皇后已经歇息下了?"

吴德安尚未来得及回话,屋外已然传来婉转清脆的嗓音:"陛下为了百姓们废寝忘食,夜以继日批阅奏章,臣妾岂能安眠?"

话音刚落,他便瞧见言笑笑迈过门槛,将熬制好的宵夜搁在几案上,朝着他盈盈一笑:"尝尝?桂圆莲子百合粥,陛下最喜欢吃的。"

周凤挪到龙椅右侧,拍了拍身侧宽敞的位置,示意她过来坐下:"你喂朕,正好陪朕看一会儿奏折。"

"好。"

窗外皑皑白雪透着冷意,屋子里素手调羹汤,含羞侍君尝,暖入心扉。

言笑笑手里捏着汤勺,搅拌着热气腾腾的桂圆莲子百合粥,她看了一眼奏折,吹了吹粥:"还在做关于民俗陋习的善后事宜?"

"嗯,当年那淮山县祭司正因钻了这方面的空子,才得以蛊惑底层无知百姓,唯有健全的律法,方能彻底改善。虽然根除陋习迫在眉睫,可又不能操之过急。"

周夙吃完一口她递过来的羹汤,在奏折中仔细书写下一行敕谕:"堵不如疏,强禁容易被有心之人借题发挥,倒不如循序渐进,普及知识,经年累月,这些陋习便自然而然消失了。"

"所以朕想先以戏文这种贴近底层百姓的形式推广民间,当年《共眠》的反响就很好,只需依葫芦画瓢即可。"

言笑笑听了,终于找到点存在感,兴致勃勃地毛遂自荐:"那臣妾这个做皇后的可不能闲着,是不是要替陛下挑选好戏文?"

他又吃了一口羹汤,好笑地点了点头:"是的,皇后近日里会很忙,但也不要因此将朕冷落了。"

言笑笑脸一红,不好意思地瞥向一旁,小声嘀咕:"臣妾尽量吧。"

尽量?

周夙伸出手,修长的手指捏住她的下巴掰过来,强迫她与自己对视:"朕不比那些戏文好看?"

话本子皆是虚构,他同个物件比什么?

再说,挑选戏文是为了正事,他又为何突然较劲?

言笑笑虽然心里犯嘀咕,表面上还是笑眯眯地靠上他的肩:

"自然是陛下最重要了。"

周夙冷哼一声,继续看手里的奏折。

言笑笑看他开始认真地批阅奏折,便自觉地移开身子,坐到另一边一勺接一勺闷声吃着粥。

周夙余光时不时打量起她,有些心猿意马,一股无法言喻的冲动浮上来,本以为是自己的原因,可当看到她的脸颊也变得红彤彤的,他突然按住她捏着汤勺的手:"这粥里加了什么?"

言笑笑脑袋迷迷糊糊地道:"加了什么?粥是太皇太后身边的大内官送来的,近日来陛下少眠忧思,因此太皇太后让御膳房熬制了些药粥送过来,还说这桂圆莲子百合粥是陛下最喜欢的口味。"

瞧他的神色有些怪异,言笑笑蹙了下眉:"怎么,有什么不对吗?"

"太皇太后说的话也能信?"

言笑笑歪了歪头,好生疑惑。

为何夙哥哥总是将和蔼可亲的太皇太后比作洪水猛兽?

她本能地舔舐过干涩的唇瓣,将残留在唇瓣处最后一点粥也卷进口中,开口时嗓音里透着说不出的暗哑,意识也有些飘忽:"怎么了?我与你都吃了大半碗了,太皇太后总不能害你吧。"

说罢,她又迷迷瞪瞪地自顾自喝了一大口粥。

他刚想开口制止,却看见她一双杏眸越发迷离恍惚,于是硬生生地止住了后话。

言笑笑虽然意识不太清醒,也觉察出了他的面色很是不对劲:"怎么了?"

"你不觉得,有些热吗?"他声音很低,透着说不尽的蛊惑。

言笑笑伸手,摸到脸上滚烫的肌肤,仍觉疑惑:"是有些难受,还有点头晕,是不是红罗炭放多了?我让人去撤掉一些。"

她刚准备起身叫人,立刻一阵腿软,身子也摇摇晃晃的。

周夙眼疾手快地一把将人捞进怀里,好笑道:"怎么站都站不稳了。"

脑门撞进他怀里的言笑笑只觉得浑身上下的躁意更胜,主动攀上他的后颈,只觉得那里凉凉的,很舒服,恨不得将自己的身子揉进去。

她凑近他耳边,呵气如兰:"夙哥哥,我有些热。"

这个称呼真是令他想念得紧。

周夙匆匆瞥了眼桂圆莲子百合粥,觉得这为老不尊的太皇太后真是令人又气又好笑。

"那便脱了吧。"

她愣了下,怀疑自己的耳朵:"什么?"

"我也觉得很热。"话音刚落,一双臂膀绕过她的膝后,他将人打横抱起,径直走向里间的软榻。

言笑笑立时会意,一下子清醒了许多,她眨了眨眼,提醒道:"这……这里是宣室殿。"

要是这等浑事传扬出去,她这皇后会不会被人诟病魅惑君王?

分明她是抱着纯洁的想法来的,目的只为送药膳,怎么粥没喝完,反倒自己上了软榻?

一眼看穿她的顾虑,周夙笑得胸腔都在震动,眼里尽是温软的笑意:"那一定是朕的自制力不够好,拜倒在皇后的石榴裙下。"

多年夫妻了，凤哥哥现在越发肆无忌惮，不仅信手拈来听了令人脸红的情话，床第间更是时常逼得她讨饶不止，他方肯罢休。

言笑笑羞涩不已，将脑袋埋进他的肩窝。

周凤看出了她的羞怯，故意凑到她的耳边吹了口气，使坏般地说道："皇后今夜受着些。"

言笑笑只觉得耳根子似被热铁烙了般，心跳如擂鼓一般，大气都不敢出一声。

宣室殿内春意萌动，情难自抑。

窗外飞雪凛冬，屋内烈火烹油，胶着痴缠。

消息递到太皇太后跟前时，她笑得似阴谋得逞的老狐狸："这就对了嘛，年纪轻轻就该如此，倘若刚登基就忙得焦头烂额顾不上后宫，那本宫的乖孙媳不是要独守空房？"

大内官想发笑，却硬是没敢吱出一声："太皇太后忧心了，实在是近日来奏折堆积如山，陛下勤勉为民，也就忙了三宿，顾不上皇后娘娘。"

"三宿？！你忘了本宫的乖孙媳来陪本宫看戏时的神色？魂不守舍的模样，满心满眼都是他。他可倒好，全然忘了自己还有个媳妇，本宫老了，可惦记着抱曾孙！下回再这样，本宫就给他换熏香。"

瞧着太皇太后愤愤不平的样子，大内官真替陛下捏了把汗，委婉提醒："奴才是怕皇后娘娘身子骨吃不消。"

太皇太后摆了摆手："不能够！本宫第一眼瞧见乖孙媳，便晓得她是个能生养的，不似皇城根的姑娘，一个个娇气得紧。"

末了，她又叹息一声："本宫就是闲得发慌，还好有乖孙媳时常相伴解忧。"

"皇后娘娘确实贤淑端庄,品性也是极好。"

听了这话,太皇太后的心底舒坦至极,宣室殿里一脸餍足的周凤又何尝不是,他坐在软榻边,凝望着酣然入梦的言笑笑,好一会儿才朝着候在外间的吴德安吩咐道:"将掺在皇后吃食中的避子药撤了。"

吴德安低着头,有些迟疑:"陛下不是说……子嗣的事要待皇后娘娘岁数再大些方才考虑?"

"今夜太皇太后已是在敲打朕,若是再拖延下去,还不晓得她老人家要如何变着花样折腾皇后,便就此如了她的意,也未尝不可。"

吴德安瞧着陛下温软而缱绻的目光始终未从皇后娘娘身上移开,不由得揣测起圣心。

陛下这是担心皇后娘娘倘若诞下龙嗣,会有性命之忧,毕竟陛下的生母就因难产崩逝。

何况觊觎后位之人何其多,埋在暗处蠢蠢欲动之人数不胜数,万一皇后有什么好歹……呸呸呸。

"太皇太后也是为了皇后娘娘着想,有陛下眷顾着皇后娘娘,龙子定会平安康健,待皇后娘娘有了龙子傍身,后位自然稳固。"

"嗯。"周凤替她掖好被角,旋身出了里间,又开始伏案疾书,清理堆积的奏折。

这一夜宣室殿内灯火明亮,直至五更天才蜡烛尽熄。

言笑笑醒来时已是日上三竿,她睡眼惺忪地翻了个身,突然碰到身侧紧实的胸膛,着实怔了下,他竟然没上早朝?

她睁开眼,看着那双紧合的凤眸下是浓密纤长的睫毛,面容若无瑕美玉,儒雅风流,真是极好看的一副皮囊。

她鬼使神差般地抬起手,指尖顺着那俊俏笔挺的鼻梁骨,一路抚至凉薄的唇,温热的指腹摩挲轻触唇角时,突然情难自抑,倾身向前蜻蜓点水般在他的唇上迅速啄了下。

她做完坏事,小心翼翼地观察他的眼睫,确定没有被发现,方才似只偷腥的猫一样洋洋自得地笑起来。

或许是她的定性太差,抑或许是抵挡不住他的美色诱惑,她又想上前偷偷再啄第二下,后脑勺却突然被人按住,唇瓣重重地磕上他的嘴,送上门般被他吃干抹净。

毫无征兆而又霸道的吻,将她欺负得气喘吁吁方才放过。

言笑笑红着脸,看着脸上毫无睡意的他,才知道自己又被骗了。

她瞪了他一眼,恶狠狠地控诉:"你居然装睡?"

"朕让你偷亲了两下,这才讨回一次本钱,怎么说都是你划算,不该是朕同你讨账?"

言笑笑想了想,觉得他说得也对,于是又满意了:"嗯,姑且就算是我赚到了吧。"

周夙笑了,轻吻了下她的额头,他修长的手指磨蹭着她的手心:"梳洗后朕带你去看戏。"

她立刻坐起身,兴奋地说:"看戏?陛下今日难道是将奏折批完了?"

"这几日公务繁忙,今天正好告一段落,可以陪你出宫赏玩,就先去你最喜欢的广德楼戏园子可好?"

言笑笑欢呼一声,一把抱住他的胳膊:"好!好!好!去哪儿都好！"

大雪初霁，天光乍亮，雪压红梅，隐有暗香，真是一个好时节。今日的戏有他相伴，应该格外精彩……